Roteiro

— Rever (e recopiar o que for necessário) (e trocando por 1974 ou 1975) até o fim do ano, daqui-a-15-minutos, inclusive.

— Copiar as páginas soltas de outros

— Ler cortando o que não serve.

- Esperar o enredo.
- Escrever sem pressa.
- Abolir a crítica que seca tudo.

[EDIÇÃO COM MANUSCRITOS
E ENSAIOS INÉDITOS]

Clarice Lispector

Água viva

ROCCO

Copyright © 2019 *by* Clarice Lispector e
herdeiros de Clarice Lispector

Concepção visual e projeto gráfico de Izabel Barreto, executados por Jorge Paes

Organização e prefácio: Pedro Karp Vasquez

Agradecimentos a Maria Beatriz Pessanha Boeschenstein, Dulce Maria Boeschenstein Rudge e Carlos Alberto Pessanha Boeschenstein pela gentileza da autorização, por cortesia, de reproduzir a carta do Professor José Américo Motta Pessanha à Clarice Lispector. Nossos agradecimentos se estendem também à Sra. Dorothea Severino pela cortesia e gentileza de nos autorizar a publicação do artigo 'As duas versões de Água Viva', do Professor Alexandre Severino nesta edição especial de ÁGUA VIVA.

Em relação à carta do Professor José Américo Motta Pessanha à Clarice Lispector, deixamos registrado aqui que não conseguimos localizar dois de seus sobrinhos, Carlos Eduardo Pessanha Couto e Lia Teresa Pessanha Couto, apesar das nossas buscas a partir das informações que tivemos de uma pessoa da família. Mas estamos prontos a fazer em uma nova edição agradecimentos a eles também pelo uso da referida carta.

Direitos desta edição reservados à
EDITORA ROCCO LTDA.
Av. Presidente Wilson, 231 – 8º andar
20030-021 – Rio de Janeiro – RJ
Tel.: (21) 3525-2000 – Fax: (21) 3525-2001
rocco@rocco.com.br
www.rocco.com.br

Printed in Brazil/Impresso no Brasil

CIP-Brasil. Catalogação na fonte.
Sindicato Nacional dos Editores de Livros, RJ.

L753a   Lispector, Clarice, 1920-1977
Água viva / Clarice Lispector; organização e prefácio de
Pedro Karp Vasquez. – 1ª ed. – Rio de Janeiro: Rocco, 2019.

"Edição com manuscritos e ensaios inéditos"

ISBN 978-85-325-3140-7 (capa dura)
ISBN 978-85-8122-767-2 (ebook)

1. Ficção brasileira. I. Vasquez, Pedro Karp. II. Título.

19-56713   CDD: 869.3
                                    CDU: 82-3(81)

Vanessa Mafra Xavier Salgado – Bibliotecária – CRB-7/6644

Sumário

[INTRODUÇÃO]   9
Entre *Objeto gritante* e *Água viva*
Pedro Karp Vasquez

[*ÁGUA VIVA*]   23
O livro

[UMA OBRA EM PROGRESSO]   95
Datiloscritos originais, com anotações
de Clarice Lispector

[CINCO ENSAIOS E UMA CORRESPONDÊNCIA]   129

O conselho do amigo – Carta à Clarice Lispector   133
José Américo Motta Pessanha

As duas versões de *Água viva*   141
Alexandrino E. Severino

Clarice Lispector esconde um objeto gritante: 151
notas sobre um projeto abandonado
Sônia Roncador

Objeto gritante, uma confissão antiliterária   165
Ana Claudia Abrantes

Água viva: antilivro, gravura ou show encantado   177
Teresa Montero

Escrita elástica   199
Ana Claudia Abrantes

Entre *Objeto gritante* e *Água viva*

Pedro Karp Vasquez

Consta que o cantor e compositor Cazuza leu *Água viva* 111 vezes, mas caso fossem apenas onze, já seria o suficiente para comprovar o poder de fascinação que *Água viva* pode suscitar no solo permeável e acolhedor de um espírito aberto. Poder que certamente aumentará com a presente edição especial, destinada a se tornar uma fonte de referência incontornável pelo fato de reproduzir a íntegra dos datiloscritos de *Objeto gritante*, assim como uma seleção de ensaios de insignes professores que em muito contribuirão para lançar luz sobre esta que é ao mesmo tempo a mais autobiográfica e a mais misteriosa obra da bibliografia clariceana.

Livro sem precedentes ou sucessores na literatura brasileira, *Água viva* é uma pérola barroca, singular, fascinante e inimitável. Editado em 1973, somente em fins da década de 1980 é que veio a público o fato de que essa obra chamava-se originalmente *Objeto gritante*, graças a um artigo do professor Alexandrino Severino, corroborado pelo trabalho de pesquisadores no Arquivo Clarice

NOTA: Este livro, ~~por razões óbvias~~, ia se chamar "Atrás do pensamento". ~~Várias~~ Muitas páginas já foram publicadas. Apenas — na ocasião de publicá-las — não mencionei o fato de tais trechos terem sido extraidos de "Objecto Gritante " ou "Atrás do pensamento".

C.L.

Lispector da Fundação Casa de Rui Barbosa, no Rio de Janeiro, onde estão depositados os manuscritos e datiloscritos originais, documentos diversos e fotografias da autora.

Objeto gritante foi o único livro que Clarice hesitou longamente em editar, chegando a pensar em nunca editá-lo. Incapaz de tomar uma decisão definitiva, ela aconselhou-se com diversos amigos, tais como José Américo Motta Pessanha e Alexandrino Severino, que relatam o impasse em seus respectivos textos, bem como Nelida Piñon, Marly de Oliveira e Fauzi Arap. Optou então por cortes radicais e pela reescritura de muitas passagens, além de transformar a protagonista de escritora em pintora. Ao cabo desta operação, que resultou na eliminação de uma centena de páginas da primeira versão, Clarice rebatizou-o de *Água viva*, autorizando enfim sua publicação.

Ao reunir pela primeira vez no mesmo volume os manuscritos originais de *Objeto gritante* e a versão final de *Água viva*, o público leitor contemporâneo terá a possibilidade de avaliar por conta própria tudo o que foi suprimido ou modificado por Clarice Lispector para nos legar essa obra mundialmente aclamada.

O caderno de textos se abre não com um ensaio e sim com uma correspondência pessoal do filósofo José Américo Motta Pessanha. Grande amigo de Clarice Lispector, José Américo reitera nesta carta as ponderações precedentemente expostas de viva voz à escritora, expressando ressalvas e reticências em relação ao projeto original de *Objeto gritante*. Um de seus maiores temores era que a amiga, cujo temperamento sensível ele conhecia bem, expusesse sua intimidade de forma excessiva, arriscando-se assim a reações maldosas que poderiam feri-la profunda e desnecessariamente.

Intelectual brilhante e polivalente, José Américo Motta Pessanha foi professor de filosofia da Universidade Federal do Rio de Janeiro e da Fundação Getúlio Vargas, assim como diretor do Centro Cultural São Paulo. Integrou também o Conselho Editorial da Abril Cultural, sendo o principal responsável pelo lançamento da antológica coleção *Os Pensadores*, a primeira a colocar a filosofia ao alcance do público leigo.

Sua intervenção foi decisiva na transformação de *Objeto gritante* em *Água viva*, conforme se evidenciará com a leitura não só da correspondência de sua autoria como por intermédio dos demais ensaios aqui reunidos.

Sou um coração batendo no mundo.

Quem me lê que me ajude a nascer.

Espere: está ficando escuro.Mais.Mais escuro. Cada instante é

O escuro é total.

Continua.

Espere:começo a vislumbrar uma coisa. Uma forma luminescente. Barriga leitosa com umbigo? Espere pois sairei desta escuridão onde tenho mêdo e trevas e êxtase.

O problema é que na janela de meu quarto há um defeito na cortina.Ela não corre e não se fecha portanto. Então a lua cheia entra tôda e vem fosforecem de opacos silêncios o quarto:é horrivel. Agora as Trevas não se dissipam vagarosamente.

Nasci.

Pausa.

Estou de olhos fechados. Sou pura inconsciência.Já cortaram o cordão umbelical: estou solta no universo.Não penso mas sinto.Com olhos fechados procuro cegamente o peito: quero leite grosso. Ninguém me ensinou a querer. Fico deitada com olhos abertos a ver o teto.Por dentro é a obscuridade.Uma eu que pulsa já se forma.Há girassoes.Há trigo alto.Eu é. Eu ouço o ribombo ôco do tempo.

Mas onde é que eu estava antes de nascer? Já sei: eu fui criada—inventada.

Ainda não estou pronta para falar em "êle" ou "ela".Demonstro "aquilo"."Aquilo é a lei universal.Nascimento e morte.Nascimento. Morte.Nascimento é como uma respiração do mundo.

Eu era pura puro "it" com potencialidade que pulsava ritmadamente. Sinto que em breve estarei pronta. para falar em êle ou ela.Enredo não tem aqui.Mas tem "it". Quem suporta?"It" é mole e é ostra e é placenta. Não estou brincando pois vou eu o próprio nome. Há uma linha de aço atraves

Sou

O primeiro ensaio, "As duas versões de *Água viva*", é de autoria do professor português naturalizado americano Alexandrino Eusebio Severino (1931-1993).

Clarice lhe confiou, em 1971, a primeiríssima versão de *Água viva*, para que ele a vertesse para o inglês. Na ocasião o manuscrito não tinha sequer o nome pelo qual veio a ser mais conhecido na esfera acadêmica, *Objeto gritante*. Possuía a denominação pouco atrativa, porém esclarecedora das reais intenções da autora, de: *Atrás do pensamento: Monólogo com a vida*.

conheço o segredo das manhãs puras

Alexandrino Severino obteve seu doutorado pela Universidade de São Paulo, em 1966, com a tese depois publicada em dois volumes (1969-1970), *Fernando Pessoa na África do Sul*. Após seu regresso aos Estados Unidos ele lecionou Português e Literatura Portuguesa na Universidade do Texas, em Austin, e, em seguida, na Universidade Vanderbilt, em Nashville, onde também chefiou o Departamento de Espanhol e Português.

Como não poderia deixar de ser, o segundo ensaio aqui reproduzido é "Clarice Lispector esconde um objeto gritante: notas sobre um projeto abandonado", da professora Sônia Roncador, que teve a amabilidade de revisar seu texto de 2001 especialmente para inclusão no presente volume.

Sônia Roncador retoma as questões avançadas pelo professor Alexandrino Severino – como a transmutação de *Objeto gritante* em *Água viva* –, e as aprofunda, analisando entre outras coisas os motivos que levaram Clarice a descartar mais da metade do manuscrito original neste processo. E, por outro lado, estabelece um paralelo crítico entre as duas versões

O impulso erótico das entranhas se liga a mesma das raízes retorcidas das arvores é a força enraizada do desejo. Minha Terra Truculencia monstruosas vísceras e quentes lavas de lama ardente

" - - - - e conto também com o acaso para fazer uma surpresa a mim mesmo".
Man Ray

"Tinha que existir uma pintura totalmente livre da dependência da figura e o objeto — uma pintura que, como a música, não ilustra coisa alguma, não conta uma história e não lança um mito. Tal pintura contenta-se em evocar os reinos incomunicáveis do espírito, onde o sonho se torna pensamento, onde o traço se torna existência."
Michel Seuphor

"- - - - não há arte que não aponte sua máscara com o dedo."
Roland Barthes

do livro, destacando o impulso autobiográfico da primeira forma, depois atenuado em favor do projeto "antiliterário" que veio a representar um verdadeiro ponto de inflexão na produção clariceana. Isso porque, apesar de optar pela cautela, podando os aspectos excessivamente confessionais de *Água viva*, Clarice passou a privilegiar a partir dessa experiência seu eu profundo em detrimento da persona literária, que não é eliminada, porém passa indiscutivelmente para o segundo plano.

Professora do Departamento de Espanhol e Português da Universidade do Texas, em Austin, Sônia Roncador é reconhecida como uma das maiores especialistas na obra de Clarice Lispector. PhD em Literatura Comparada pela Universidade de Nova York, em 1999, ela é autora de uma obra capital sobre a literatura clariceana: *Poéticas do empobrecimento: a escrita derradeira de Clarice Lispector* (2002).

Eu sou uma culpada inocente

mesmo: nem alegre nem triste. Quer dizer que já não tinha a capacidade de sentir. Estou falando a linguagem do bom senso: é melhor sentir, mesmo que seja dor. E contorcer-se como a ostra quando pingam nela limão.

Mas detesto ficar embriagada por álcool: pois sou embriagada por natureza vivo numa semi-transparência muito lúcida, onde a realidade é uma espécie de alucinação. E onde os grandes mortos estão vivos. E onde o milagre existe. Milagre? ter nascido já não é um milagre? Ter um filho não é um milagre? Creio em milagres, portanto. Tudo — mas tudo — pode acontecer. E a própria morte é vencida: os mortos ficam vivos na lembrança dos que os amaram.

Aliás eu não quero morrer. Recuso-me contra Deus. Vamos todos não morrer como desafio? Não tenho coragem ouvir! estou gritando bem alto para Deus ouvir. não vou morrer, não vai me matar, Deus! ouviu, Deus?

Não vou morrer, ouviu, Deus? Porque é uma infâmia nascer para morrer não se sabe quando nem onde. Vou ficar muito alegre, ouviu? Como resposta, como insulto. A Deus que eu amo com prosternada veneração. Uma coisa eu garanto: nós não somos culpados. É preciso entender enquanto estou viva, ouviu? porque depois será tarde demais.

Ah basta de instante Este livro nunca termina. Meu canto do it nunca é

Vou acabá-lo deliberadamente por um ato voluntário. Mas ele continua em imprevisto constante, criando sempre e sempre o futuro. Pobre ri atoa. Qualquer coisa lhe serve. E por outros motivos, rico ri atoa.

Este imprevisto é.

Quer ver como continua? Esta noite — é difícil de explicar — esta noite sonhei que estava sonhando. Será que depois da morte é asssim? o sonho de um sonho de um sonho de um sonho.

Sou herege. Não, não é verdade. Ou sou? Mas algo existe.

Ah viver é tão desconfortável. Tudo aperta: o corpo exige, o espírito não pára, viver parece ter sono e não poder dormir — viver é incômodo. Não se pode andar nu nem de corpo nem de espírito.

Eu não disse que viver é apertado? Pois fui dormir e sonhei que escre

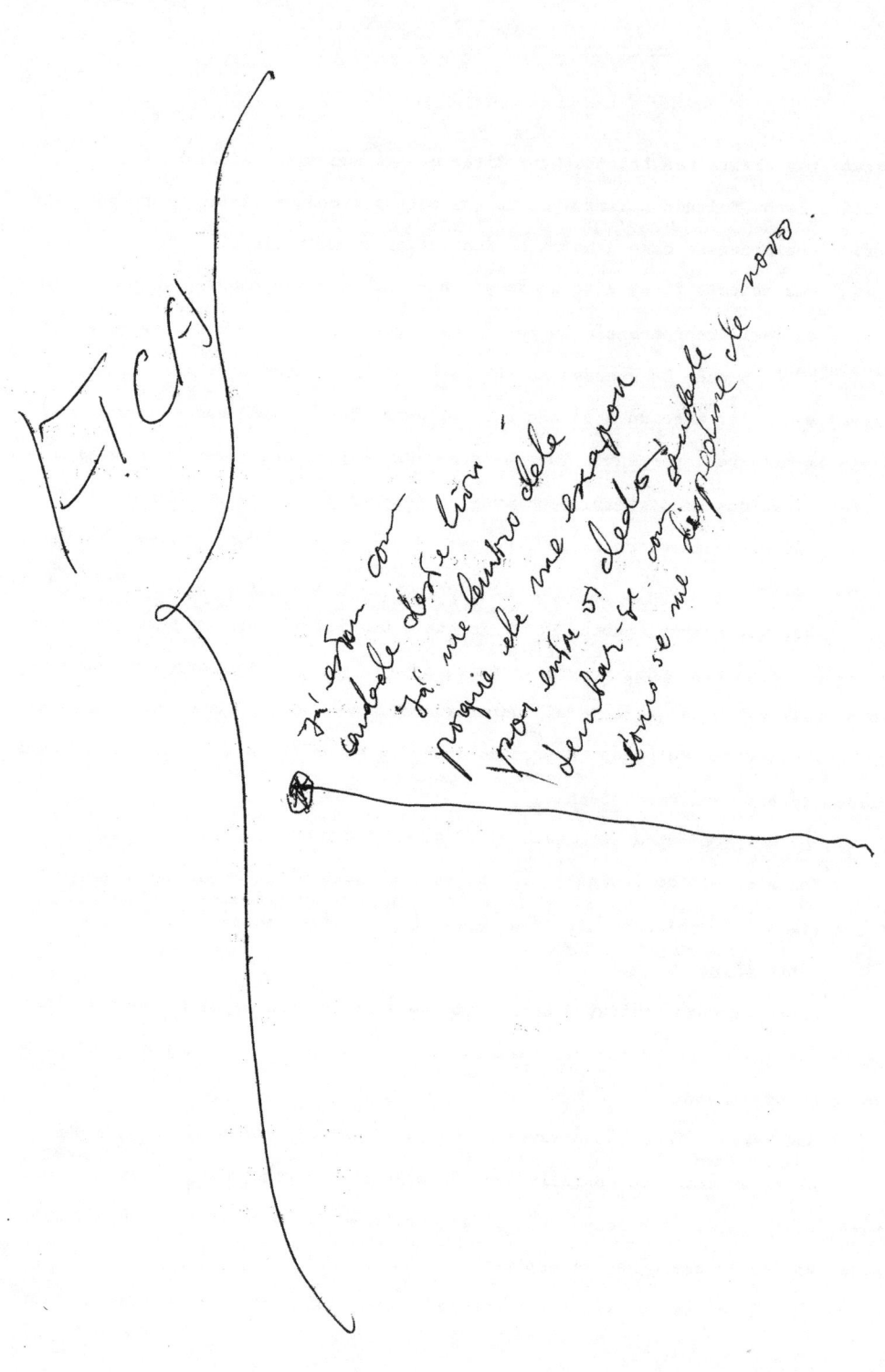

Ana Claudia Abrantes participa com duas contribuições, o ensaio "*Objeto gritante*, uma confissão antiliterária" e "Escrita elástica", sobre os datiloscritos conservados no Arquivo Clarice Lispector da Fundação Casa de Rui Barbosa.

É longa a convivência de Ana Claudia Abrantes com esses originais e percuciente sua compreensão desta primeira versão de *Água viva*, que foi inclusive tema de sua tese de mestrado na UERJ (Universidade do Estado do Rio de Janeiro), em 2012: "Novas formas da escrita de Clarice Lispector: o manuscrito de *Objeto gritante* e a ficção tardia clariceana". Tese que serviu de base para o livro que publicou quatro anos mais tarde sob o título: *Objeto gritante: um manuscrito de Clarice Lispector*. Convivendo com esses datiloscritos por mais de uma década, ela se tornou incontestavelmente uma das maiores autoridades na matéria.

Ana Claudia Abrantes é professora de Língua Portuguesa e Literatura do Colégio Pedro II, no Rio de Janeiro. Além dos trabalhos supracitados escreveu também a monografia "Identidade autobiográfica construída nas crônicas de Clarice Lispector", como trabalho de conclusão do Curso de Especialização e Literatura Brasileira, que fez na UERJ em 2009.

"- - - - não há arte que não aponte sua máscara com o dedo."

Roland Barthes

"Uma coisa que descobri é que a melhor técnica é não se ter técnica alguma".

Henry Miller

via duas páginas inspiradas que seriam a chave deste livro. Esqueci-as, voltaram para o nada, voltaram para o meu Deus.

A tendência de tudo o que existe é a de acabar. Só o tem po-espaço não termina jamais.

Mas este livro continua. O que é bom, muito bom. O melhor ainda não foi dito.

Quem sabe se não houvesse a morte haveria ~~suicidas~~ suicídios em massa?

E eis que depois de uma tarde desesperada de "quem sou eu?", de acordar a uma hora da madrugada ainda em desespero — eis que às três da madrugada acordei e me encontrei. Fui ao encontro de mim. Calma, alegre, plenitude sem fulminação. Simplesmente eu sou eu. E você é você. É lindo, é vasto, vai durar.

Este livro é um "isto". E continua.

Olha para mim e me ama. Não: tu olhas para ti e te amas. É o que está certo.

Eu o estou prolongando. Já com saudade dele. Com horror dêle também. O que escrevi foi algo de monstruoso? Quero me libertar e ele não deixa. Ou não posso. Tem a vida que continua. Este livro continua.

enfeitiçado ———

A série de ensaios se completa com "*Água viva*: antilivro, gravura ou show encantado", de Teresa Montero, uma das mais destacadas promotoras do legado clariceano, com um enfoque diversificado e inovador, conforme se poderá constatar com a leitura do texto em pauta.

Com efeito, ela não se limitou a refletir por escrito acerca da obra e da vida de Clarice Lispector, idealizando e guiando o passeio literário "O Rio de Clarice", como o fez igualmente com "O Rio de Carmen Miranda", e participando ativamente da criação dos marcos físicos da presença da escritora na cidade, como o Recanto de Clarice, no Jardim Botânico, e a estátua de Clarice (acompanhada de seu fiel cão Ulisses) no final da Praia do Leme, obra do escultor Edgar Duvivier.

Tais iniciativas deram ensejo ao belo e completíssimo livro *O Rio de Clarice – Passeio afetivo pela cidade* (2018). Ao passo que *Eu sou uma pergunta. Uma biografia de Clarice Lispector* (1999) permanece sendo uma preciosa fonte de referências sobre a escritora, entre outros méritos, por trazer em primeira mão dezenas de depoimentos de amigos e familiares de Clarice falecidos desde então. Teresa Montero é doutora em Letras pela Pontifícia Universidade Católica do Rio de Janeiro com a tese: "Yes, nós temos Clarice: a divulgação da obra de Clarice Lispector nos Estados Unidos" (2001), e corroteirista de *A descoberta do mundo*, filme dirigido por Taciana Oliveira. Foi também organizadora de diversas coletâneas de Clarice Lispector, tais como: *Correspondências* (2001); *Minhas queridas* (2007); *Clarice na cabeceira* – contos (2009) e crônicas (2012) –; e *Outros escritos* (2005), em parceria com Lícia Manzo.

Água viva: o livro

"Tinha que existir uma pintura totalmente livre da dependência da figura – o objeto – que, como a música, não ilustra coisa alguma, não conta uma história e não lança um mito. Tal pintura contenta-se em evocar os reinos incomunicáveis do espírito, onde o sonho se torna pensamento, onde o traço se torna existência."

– *Michel Seuphor*

É com uma alegria tão profunda. É uma tal aleluia. Aleluia, grito eu, aleluia que se funde com o mais escuro uivo humano da dor de separação mas é grito de felicidade diabólica. Porque ninguém me prende mais. Continuo com capacidade de raciocínio – já estudei matemática que é a loucura do raciocínio – mas agora quero o plasma – quero me alimentar diretamente da placenta. Tenho um pouco de medo: medo ainda de me entregar pois o próximo instante é o desconhecido. O próximo instante é feito por mim? ou se faz sozinho? Fazemo-lo juntos com a respiração. E com uma desenvoltura de toureiro na arena.

Eu te digo: estou tentando captar a quarta dimensão do instante-já que de tão fugidio não é mais porque agora tornou-se um novo instante-já que também não é mais. Cada coisa tem um instante em que ela é. Quero apossar-me do é da coisa. Esses instantes que decorrem no ar que respiro: em fogos de artifício eles espocam mudos no espaço. Quero possuir os átomos do tempo. E quero capturar o presente que pela sua própria natureza me é interdito: o presente me foge, a atualidade me escapa, a atualidade sou eu sempre no já. Só no ato do amor – pela límpida abstração de estrela do que se sente – capta-se a incógnita do instante que é duramente cristalina e vibrante no ar e a vida é esse instante incontável, maior que o acontecimento em si: no amor o instante de impessoal joia refulge no ar, glória estranha de corpo, matéria sensibilizada pelo arrepio dos instantes – e o que se sente é ao mesmo tempo que imaterial tão objetivo que acontece como fora do corpo, faiscante no alto, alegria, alegria é matéria de tempo e é por excelência o instante. E no instante está o é dele mesmo. Quero captar o meu é. E canto aleluia para o ar assim como faz o pássaro. E meu canto é de ninguém. Mas não há paixão sofrida em dor e amor a que não se siga uma aleluia.

Meu tema é o instante? meu tema de vida. Procuro estar a par dele, divido-me milhares de vezes em tantas vezes quanto os instantes que decorrem, fragmentária que sou e precários os momentos – só me comprometo com vida que nasça com o tempo e com ele cresça: só no tempo há espaço para mim.

Escrevo-te toda inteira e sinto um sabor em ser e o sabor-a-ti é abstrato como o instante. É também com o corpo todo que pinto os meus quadros e na tela fixo o incorpóreo, eu corpo a corpo comigo mesma. Não se compreende música: ouve-se. Ouve-me então com teu corpo inteiro. Quando vieres a me ler perguntarás por que não me restrinjo à pintura e às minhas exposições, já que escrevo tosco e sem ordem. É que agora sinto necessidade de palavras – e é novo para mim o que escrevo porque minha verdadeira palavra foi até agora intocada. A palavra é a minha quarta dimensão.

Hoje acabei a tela de que te falei: linhas redondas que se interpenetram em traços finos e negros, e tu, que tens o hábito de querer saber por que – e porque não me interessa, a causa é matéria de passado – perguntarás por que os traços negros e finos? é por causa do mesmo segredo que me faz escrever agora como se fosse a ti, escrevo redondo, enovelado e tépido, mas às vezes frígido como os instantes frescos, água do riacho que treme sempre por si mesma. O que pintei nessa tela é passível de ser fraseado em palavras? Tanto quanto possa ser implícita a palavra muda no som musical.

Vejo que nunca te disse como escuto música – apoio de leve a mão na eletrola e a mão vibra espraiando ondas pelo corpo todo: assim ouço a eletricidade da vibração, substrato último no domínio da realidade, e o mundo treme nas minhas mãos.

E eis que percebo que quero para mim o substrato vibrante da palavra repetida em canto gregoriano. Estou consciente de que tudo o que sei não posso dizer, só sei pintando ou pronunciando sílabas cegas de sentido. E se tenho aqui que usar-te palavras, elas têm que fazer um sentido quase que só corpóreo, estou em luta com a vibração última. Para te dizer o meu substrato faço uma frase de palavras feitas apenas dos instantes-já. Lê então o meu invento de pura vibração sem significado senão o de cada esfuziante sílaba, lê o que agora se segue: "com o correr dos séculos perdi o segredo do Egito, quando eu me movia em longitude, latitude e altitude com ação energética dos elétrons, prótons, nêutrons, no fascínio que é a palavra e a sua sombra". Isso que te escrevi é um desenho eletrônico e não tem passado ou futuro: é simplesmente já.

Também tenho que te escrever porque tua seara é a das palavras discursivas e não o direto de minha pintura. Sei que são primárias as minhas frases, escrevo com amor demais por elas e esse amor supre as faltas, mas amor demais prejudica os trabalhos. Este não é um livro porque não é assim que se escreve. O que escrevo é um só clímax? Meus dias são um só clímax: vivo à beira.

Ao escrever não posso fabricar como na pintura, quando fabrico artesanalmente uma cor. Mas estou tentando escrever-te com o corpo todo, enviando uma seta que se finca no ponto tenro e nevrálgico da palavra. Meu corpo incógnito te diz: dinossauros, ictiossauros e plessiossauros, com sentido apenas auditivo, sem que por isso se tornem palha seca, e sim úmida. Não pinto ideias, pinto o mais inatingível "para sempre". Ou "para nunca", é o mesmo. Antes de mais nada, pinto pintura. E antes de mais nada te escrevo dura escritura. Quero como poder pegar com a mão a palavra. A palavra é objeto? E aos instantes eu lhes tiro o sumo de fruta. Tenho que me destituir para alcançar cerne e semente de vida. O instante é semente viva.

A harmonia secreta da desarmonia: quero não o que está feito mas o que tortuosamente ainda se faz. Minhas desequilibradas palavras são o luxo de meu silêncio. Escrevo por acrobáticas e aéreas piruetas – escrevo por profundamente querer falar. Embora escrever só esteja me dando a grande medida do silêncio.

E se eu digo "eu" é porque não ouso dizer "tu", ou "nós" ou "uma pessoa". Sou obrigada à humildade de me personalizar me apequenando mas sou o és-tu.

Sim, quero a palavra última que também é tão primeira que já se confunde com a parte intangível do real. Ainda tenho medo de me afastar da lógica porque caio no instintivo e no direto, e no futuro: a invenção do hoje é o meu único meio de instaurar o futuro. Desde já é futuro, e qualquer hora é hora marcada. Que mal porém tem eu me afastar da lógica? Estou lidando com a matéria-prima. Estou atrás do que fica atrás do pensamento. Inútil querer me classificar: eu simplesmente escapulo não deixando, gênero não me pega mais. Estou num estado muito novo e verdadeiro, curioso de si mesmo, tão atraente e pessoal a ponto de não poder pintá-lo ou escrevê-lo. Parece com momentos que tive contigo, quando te amava, além dos quais não pude ir pois fui ao fundo dos momentos. É um estado de contato com a energia circundante e estremeço. Uma espécie de doida, doida harmonia. Sei que meu olhar deve ser o de uma pessoa primitiva que se entrega toda ao mundo, primitiva como os deuses que só admitem vastamente o bem e o mal e não querem conhecer o bem enovelado como em cabelos no mal, mal que é o bom.

Fixo instantes súbitos que trazem em si a própria morte e outros nascem – fixo os instantes de metamorfose e é de terrível beleza a sua sequência e concomitância.

Agora está amanhecendo e a aurora é de neblina branca nas areias da praia. Tudo é meu, então. Mal toco em alimentos, não quero me despertar para além do despertar do dia. Vou crescendo com o dia que ao crescer me mata certa vaga esperança e me obriga a olhar cara a cara o duro sol. A ventania sopra e desarruma os meus papéis. Ouço esse vento de gritos, estertor de pássaro aberto em oblíquo voo. E eu aqui me obrigo à severidade de uma linguagem tensa, obrigo-me à nudez de um esqueleto branco que está livre de humores. Mas o esqueleto é livre de vida e enquanto vivo me estremeço toda. Não conseguirei a nudez final. E ainda não a quero, ao que parece.

Esta é a vida vista pela vida. Posso não ter sentido mas é a mesma falta de sentido que tem a veia que pulsa.

Quero escrever-te como quem aprende. Fotografo cada instante. Aprofundo as palavras como se pintasse, mais do que um objeto, a sua sombra. Não quero perguntar por quê, pode-se perguntar sempre por que e sempre continuar sem resposta: será que consigo me entregar ao expectante silêncio que se segue a uma pergunta sem resposta? Embora adivinhe que em algum lugar ou em algum tempo existe a grande resposta para mim.

E depois saberei como pintar e escrever, depois da estranha mas íntima resposta. Ouve-me, ouve o silêncio. O que te falo nunca é o que eu te falo e sim outra coisa. Capta essa coisa que me escapa e no entanto vivo dela e estou à tona de brilhante escuridão. Um instante me leva insensivelmente a outro e o tema atemático vai se desenrolando sem plano mas geométrico como as figuras sucessivas num caleidoscópio.

Entro lentamente na minha dádiva a mim mesma, esplendor dilacerado pelo cantar último que parece ser o primeiro. Entro lentamente na escrita assim como já entrei na pintura. É um mundo emaranhado de cipós, sílabas, madressilvas, cores e palavras – limiar de entrada de ancestral caverna que é o útero do mundo e dele vou nascer.

E se muitas vezes pinto grutas é que elas são o meu mergulho na terra, escuras mas nimbadas de claridade, e eu, sangue da natureza – grutas extravagantes e perigosas, talismã da Terra, onde se unem estalactites, fósseis e pedras, e onde os bichos que são doidos pela sua própria natureza maléfica procuram refúgio. As grutas são o meu inferno. Gruta sempre sonhadora com suas névoas, lembrança ou saudade? espantosa, espantosa, esotérica, esverdeada pelo limo do tempo. Dentro da caverna obscura tremeluzem pendurados os ratos com asas em forma de cruz dos morcegos. Vejo aranhas penugentas e negras. Ratos e ratazanas correm espantados pelo chão e pelas paredes. Entre as pedras o escorpião. Caranguejos, iguais a eles mesmos desde a pré-história, através de mortes e nascimentos, pareceriam bestas ameaçadoras se fossem do tamanho de um homem. Baratas velhas se arrastam na penumbra. E tudo isso sou eu. Tudo é pesado de sonho quando pinto uma gruta ou te escrevo sobre ela – de fora dela vem o tropel de dezenas de cavalos soltos a patearem com cascos secos as trevas, e do atrito dos cascos o júbilo se liberta em centelhas: eis-me, eu e a gruta, no tempo que nos apodrecerá.

Quero pôr em palavras mas sem descrição a existência da gruta que faz algum tempo pintei – e não sei como. Só repetindo o seu doce horror, caverna de terror e das maravilhas, lugar de almas aflitas, inverno e inferno, substrato imprevisível do mal que está dentro de uma terra que não é fértil. Chamo a gruta pelo seu nome e ela passa a viver com seu miasma. Tenho medo então de mim que sei pintar o horror, eu, bicho de cavernas ecoantes que sou, e sufoco porque sou palavra e também o seu eco.

Mas o instante-já é um pirilampo que acende e apaga, acende e apaga. O presente é o instante em que a roda do automóvel em alta velocidade toca minimamente no chão. E a parte da roda que ainda não tocou, tocará num imediato que absorve o instante presente e torna-o passado. Eu, viva e tremeluzente como os instantes, acendo-me e me apago, acendo e apago, acendo e apago. Só que aquilo que capto em mim tem, quando está sendo agora transposto em escrita, o desespero das palavras ocuparem mais instantes que um relance de olhar. Mais que um instante, quero o seu fluxo.

Nova era, esta minha, e ela me anuncia para já. Tenho coragem? Por enquanto estou tendo: porque venho do sofrido longe, venho do inferno de amor mas agora estou livre de ti. Venho do longe – de uma pesada ancestralidade. Eu que venho da dor de viver. E não a quero mais. Quero a vibração do alegre. Quero a isenção de Mozart. Mas quero também a inconsequência. Liberdade? é o meu último refúgio, forcei-me à liberdade e aguento-a não como um dom mas com heroísmo: sou heroicamente livre. E quero o fluxo.

Não é confortável o que te escrevo. Não faço confidências. Antes me metalizo. E não te sou e me sou confortável; minha palavra estala no espaço do dia. O que saberás de mim é a sombra da flecha que se fincou no alvo. Só pegarei inutilmente uma sombra que não ocupa lugar no espaço, e o que apenas importa é o dardo. Construo algo isento de mim e de ti – eis a minha liberdade que leva à morte.

Neste instante-já estou envolvida por um vagueante desejo difuso de maravilhamento e milhares de reflexos do sol na água que corre da bica na relva de um jardim todo maduro de perfumes, jardim e sombras que invento já e agora e que são o meio concreto de falar neste meu instante de vida. Meu estado é o de jardim com água correndo. Descrevendo-o tento misturar palavras para que o tempo se faça. O que te digo deve ser lido rapidamente como quando se olha.

Agora é dia feito e de repente de novo domingo em erupção inopinada. Domingo é dia de ecos – quentes, secos, e em toda a parte zumbidos de abelhas e vespas, gritos de pássaros e o longínquo das marteladas compassadas – de onde vêm os ecos de domingo? Eu que detesto domingo por ser oco. Eu que quero a coisa mais primeira porque é fonte de geração – eu que ambiciono beber água na nascente da fonte – eu que sou tudo isso, devo por sina e trágico destino só conhecer e experimentar os ecos de mim, porque não capto o mim propriamente dito. Estou numa expectativa estupefaciente, trêmula, maravilha, de costas para o mundo, e em alguma parte foge o inocente esquilo. Plantas, plantas. Fico dormitando no calor estivo do domingo que tem moscas voando em torno do açucareiro. Alarde colorido, o do domingo, e esplendidez madura. E tudo isso pintei há algum tempo e em outro domingo. E eis aquela tela antes virgem, agora coberta de cores maduras. Moscas azuis cintilam diante de minha janela aberta para o ar da rua entorpecida. O dia parece a pele esticada e lisa de uma fruta que numa pequena catástrofe os dentes rompem, o seu caldo escorre. Tenho medo do domingo maldito que me liquifica.

Para me refazer e te refazer volto a meu estado de jardim e sombra, fresca realidade, mal existo e se existo é com delicado cuidado. Em redor da sombra faz calor de suor abundante. Estou viva. Mas sinto que ainda não alcancei os meus limites, fronteiras com o quê? sem fronteiras, a aventura da liberdade perigosa. Mas arrisco, vivo arriscando. Estou cheia de acácias balançando amarelas, e eu que mal e mal comecei a minha jornada, começo-a com um senso de tragédia, adivinhando para que oceano perdido vão os meus passos de vida. E doidamente me apodero dos desvãos de mim, meus desvarios me sufocam de tanta beleza. Eu sou antes, eu sou quase, eu sou nunca. E tudo isso ganhei ao deixar de te amar.

Escrevo-te como exercício de esboços antes de pintar. Vejo palavras. O que falo é puro presente e este livro é uma linha reta no espaço. É sempre atual, e o fotômetro de uma máquina fotográfica se abre e imediatamente fecha, mas guardando em si o flash. Mesmo que eu diga "vivi" ou "viverei" é presente porque eu os digo já.

Comecei estas páginas também com o fim de preparar-me para pintar. Mas agora estou tomada pelo gosto das palavras, e quase me liberto do domínio das tintas: sinto uma voluptuosidade em ir criando o que te dizer. Vivo a cerimônia da iniciação da palavra e meus gestos são hieráticos e triangulares.

Sim, esta é a vida vista pela vida. Mas de repente esqueço o como captar o que acontece, não sei captar o que existe senão vivendo aqui cada coisa que surgir e não importa o quê: estou quase livre de meus erros.

Deixo o cavalo livre correr fogoso. Eu, que troto nervosa e só a realidade me delimita.

E quando o dia chega ao fim ouço os grilos e torno-me toda repleta e ininteligível. Depois vivo a madrugada azulada que vem com o seu bojo cheio de passarinhos – será que estou te dando uma ideia do que uma pessoa passa em vida? E cada coisa que me ocorra eu anoto para fixá-la. Pois quero sentir nas mãos o nervo fremente e vivaz do já e que me reaja esse nervo como buliçosa veia. E que se rebele, esse nervo de vida, e que se contorça e lateje. E que se derramem safiras, ametistas e esmeraldas no obscuro erotismo da vida plena: porque na minha escuridão enfim treme o grande topázio, palavra que tem luz própria.

Estou ouvindo agora uma música selvática, quase que apenas batuque e ritmo que vem de uma casa vizinha onde jovens drogados vivem o presente. Um instante mais de ritmo incessante, incessante, e acontece-me algo terrível.

É que passarei por causa do ritmo em seu paroxismo – passarei para o outro lado da vida. Como te dizer? É terrível e me ameaça. Sinto que não posso mais parar e me assusto. Procuro me distrair do medo. Mas há muito já parou o martelar real: estou sendo o incessante martelar em mim. Do qual tenho que me libertar. Mas não consigo: o outro lado de mim me chama. Os passos que ouço são os meus.

Como se arrancasse das profundezas da terra as nodosas raízes de árvore descomunal, é assim que te escrevo, e essas raízes como se fossem poderosos tentáculos como volumosos corpos nus de fortes mulheres envolvidas em serpentes e em carnais desejos de realização, e tudo isso é uma prece de missa negra, e um pedido rastejante de amém: porque aquilo que é ruim está desprotegido e precisa da anuência de Deus: eis a criação.

Será que passei sem sentir para o outro lado? O outro lado é uma vida latejantemente infernal. Mas há a transfiguração do meu terror: então entrego-me a uma pesada vida toda em símbolos pesados como frutas maduras. Escolho parecenças erradas mas que me arrastam pelo enovelado. Uma parte mínima de lembrança do bom senso de meu passado me mantém roçando ainda o lado de cá. Ajude-me porque alguma coisa se aproxima e ri de mim. Depressa, salva-me.

Mas ninguém pode me dar a mão para eu sair: tenho que usar a grande força – e no pesadelo em arranco súbito caio enfim de bruços no lado de cá. Deixo-me ficar jogada no chão agreste, exausta, o coração ainda pula doido, respiro às golfadas. Estou a salvo? enxugo a testa molhada. Ergo-me devagar, tento dar os primeiros passos de uma convalescença fraca. Estou conseguindo me equilibrar.

Não, isto tudo não acontece em fatos reais mas sim no domínio de – de uma arte? sim, de um artifício por meio do qual surge uma realidade delicadíssima que passa a existir em mim: a transfiguração me aconteceu.

Mas o outro lado, do qual escapei mal e mal, tornou-se sagrado e a ninguém conto o meu segredo. Parece-me que em sonho fiz no outro lado um juramento, pacto de sangue. Ninguém saberá de nada: o que sei é tão volátil e quase inexistente que fica entre mim e eu.

Sou um dos fracos? fraca que foi tomada por ritmo incessante e doido? se eu fosse sólida e forte nem ao menos teria ouvido o ritmo? Não encontro resposta: sou. É isto apenas o que me vem da vida. Mas sou o quê? a resposta é apenas: sou o quê. Embora às vezes grite: não quero mais ser eu!! mas eu me grudo a mim e inextricavelmente forma-se uma tessitura de vida.

Quem me acompanha que me acompanhe: a caminhada é longa, é sofrida mas é vivida. Porque agora te falo a sério: não estou brincando com palavras. Encarno-me nas frases voluptuosas e ininteligíveis que se enovelam para além das palavras. E um silêncio se evola sutil do entrechoque das frases.

Então escrever é o modo de quem tem a palavra como isca: a palavra pescando o que não é palavra. Quando essa não palavra – a entrelinha

– morde a isca, alguma coisa se escreveu. Uma vez que se pescou a entrelinha, poder-se-ia com alívio jogar a palavra fora. Mas aí cessa a analogia: a não palavra, ao morder a isca, incorporou-a. O que salva então é escrever distraidamente.

Não quero ter a terrível limitação de quem vive apenas do que é passível de fazer sentido. Eu não: quero é uma verdade inventada.

O que te direi? te direi os instantes. Exorbito-me e só então é que existo e de um modo febril. Que febre: conseguirei um dia parar de viver? ai de mim, que tanto morro. Sigo o tortuoso caminho das raízes rebentando a terra, tenho por dom a paixão, na queimada de tronco seco contorço-me às labaredas. À duração de minha existência dou uma significação oculta que me ultrapassa. Sou um ser concomitante: reúno em mim o tempo passado, o presente e o futuro, o tempo que lateja no tique-taque dos relógios.

Para me interpretar e formular-me preciso de novos sinais e articulações novas em formas que se localizem aquém e além de minha história humana. Transfiguro a realidade e então outra realidade, sonhadora e sonâmbula, me cria. E eu inteira rolo e à medida que rolo no chão vou me acrescentando em folhas, eu, obra anônima de uma realidade anônima só justificável enquanto dura a minha vida. E depois? depois tudo o que vivi será de um pobre supérfluo.

Mas por enquanto estou no meio do que grita e pulula. E é sutil como a realidade mais intangível. Por enquanto o tempo é quanto dura um pensamento.

É de uma pureza tal esse contato com o invisível núcleo da realidade.

Sei o que estou fazendo aqui: conto os instantes que pingam e são grossos de sangue.

Sei o que estou fazendo aqui: estou improvisando. Mas que mal tem isto? improviso como no jazz improvisam música, jazz em fúria, improviso diante da plateia.

É tão curioso ter substituído as tintas por essa coisa estranha que é a palavra. Palavras – movo-me com cuidado entre elas que podem se tornar ameaçadoras; posso ter a liberdade de escrever o seguinte: "peregrinos, mercadores e pastores guiavam suas caravanas rumo ao Tibet e os caminhos eram difíceis e primitivos". Com esta frase fiz uma cena nascer, como num flash fotográfico.

O que diz este jazz que é improviso? diz braços enovelados em pernas e as chamas subindo e eu passiva como uma carne que é devorada pelo adunco agudo de uma águia que interrompe seu voo cego. Expresso a mim e a ti os meus desejos mais ocultos e consigo com as palavras uma orgíaca beleza confusa. Estremeço de prazer por entre a novidade de usar palavras que formam intenso matagal. Luto por conquistar mais profundamente a minha liberdade de sensações e pensamentos, sem nenhum sentido utilitário: sou sozinha, eu e minha liberdade. É tamanha a liberdade que pode escandalizar um primitivo mas sei que não te escandalizas com a plenitude que consigo e que é sem fronteiras perceptíveis. Esta minha capacidade de viver o que é redondo e amplo – cerco-me por plantas carnívoras e animais legendários, tudo banhado pela tosca e esquerda luz de um sexo mítico. Vou adiante de modo intuitivo e sem procurar uma ideia: sou orgânica. E não me indago sobre os meus motivos. Mergulho na quase dor de uma intensa alegria – e para me enfeitar nascem entre os meus cabelos folhas e ramagens.

Não sei sobre o que estou escrevendo: sou obscura para mim mesma. Só tive inicialmente uma visão lunar e lúcida, e então prendi para mim o instante antes que ele morresse e que perpetuamente morre. Não é um recado de ideias que te transmito e sim uma instintiva volúpia daquilo que está escondido na natureza e que adivinho. E esta é uma festa de palavras. Escrevo em signos que são mais um gesto que voz. Tudo isso é o que me habituei a pintar mexendo na natureza íntima das coisas. Mas agora chegou a hora de parar a pintura para me refazer, refaço-me nestas linhas. Tenho uma voz. Assim como me lanço no traço de meu desenho, este é um exercício de vida sem planejamento. O mundo não tem ordem visível e eu só tenho a ordem da respiração. Deixo-me acontecer.

Estou dentro dos grandes sonhos da noite: pois o agora-já é de noite. E canto a passagem do tempo: sou ainda a rainha dos medas e dos persas e sou também a minha lenta evolução que se lança como uma ponte levadiça num futuro cujas névoas leitosas já respiro hoje. Minha aura é mistério de vida. Eu me ultrapasso abdicando de mim e então sou o mundo: sigo a voz do mundo, eu mesma de súbito com voz única.

O mundo: um emaranhado de fios telegráficos em eriçamento. E a luminosidade no entanto obscura: esta sou eu diante do mundo.

Equilíbrio perigoso, o meu, perigo de morte de alma. A noite de hoje me olha com entorpecimento, azinhavre e visgo. Quero dentro desta noite que é mais longa que a vida, quero, dentro desta noite, vida crua e sangrenta e cheia de saliva. Quero a seguinte palavra: esplendidez, esplendidez é a fruta na sua suculência, fruta sem tristeza. Quero lonjuras. Minha selvagem intuição de mim mesma. Mas o meu principal está sempre escondido. Sou implícita. E quando vou me explicitar perco a úmida intimidade.

De que cor é o infinito espacial? é da cor do ar.

Nós – diante do escândalo da morte.

Ouve apenas superficialmente o que digo e da falta de sentido nascerá um sentido como de mim nasce inexplicavelmente vida alta e leve. A densa selva de palavras envolve espessamente o que sinto e vivo, e transforma tudo o que sou em alguma coisa minha que fica fora de mim. A natureza é envolvente: ela me enovela toda e é sexualmente viva, apenas isto: viva. Também eu estou truculentamente viva – e lambo o meu focinho como o tigre depois de ter devorado o veado.

Escrevo-te na hora mesma em si própria. Desenrolo-me apenas no atual. Falo hoje – não ontem nem amanhã – mas hoje e neste próprio instante perecível. Minha liberdade pequena e enquadrada me une à liberdade do mundo – mas o que é uma janela senão o ar emoldurado por esquadrias? Estou asperamente viva. Vou embora – diz a morte sem acrescentar que me leva consigo. E estremeço em respiração arfante por ter que acompanhá-la. Eu sou a morte. É neste meu ser mesmo que se dá a morte – como te explicar? é uma morte sensual. Como morta ando por entre o capim alto na luz esverdeada das hastes: sou Diana a Caçadora de ouro e só encontro ossadas. Vivo de uma camada subjacente de sentimentos: estou mal e mal viva.

Mas esses dias de alto verão de danação sopram-me a necessidade de renúncia. Renuncio a ter um significado, e então o doce e doloroso quebranto me toma. Formas redondas e redondas se entrecruzam no ar. Faz calor de verão. Navego na minha galera que arrosta os ventos de um verão enfeitiçado. Folhas esmagadas me lembram o chão da infância. A mão verde e os seios de ouro – é assim que pinto a marca de Satã. Aqueles que nos temem e à nossa alquimia desnudavam feiticeiras e magos em busca da marca recôndita que era quase sempre encontrada embora só se soubesse dela pelo olhar pois esta marca era indescritível e impronunciável mesmo no negrume de uma Idade Média – Idade Média, és a minha escura subjacência e ao clarão das fogueiras os marcados dançam em círculos cavalgando galhos e folhagens que são o símbolo fálico da fertilidade: mesmo nas missas brancas usa-se o sangue e este é bebido.

Escuta: eu te deixo ser, deixa-me ser então.

Mas eternamente é palavra muito dura: tem um "t" granítico no meio. Eternidade: pois tudo o que é nunca começou. Minha pequena cabeça tão limitada estala ao pensar em alguma coisa que não começa e não termina – porque assim é o eterno. Felizmente esse sentimento dura pouco porque eu não aguento que demore e se permanecesse levaria ao desvario. Mas a cabeça também estala ao imaginar o contrário: alguma coisa que tivesse começado – pois onde começaria? E que terminasse – mas o que viria depois de terminar? Como vês, é-me impossível aprofundar e apossar-me da vida, ela é aérea, é o meu leve hálito. Mas bem sei o que quero aqui: quero o inconcluso. Quero a profunda desordem orgânica que no entanto dá a pressentir uma ordem subjacente. A grande potência da potencialidade. Estas minhas frases balbuciadas são feitas na hora mesma em que estão sendo escritas e crepitam de tão novas e ainda verdes. Elas são o já. Quero a experiência de uma falta de construção. Embora este meu texto seja todo atravessado de ponta a ponta por um frágil fio condutor – qual? o do mergulho na matéria da palavra? o da paixão? Fio luxurioso, sopro que aquece o decorrer das sílabas. A vida mal e mal me escapa embora me venha a certeza de que a vida é outra e tem um estilo oculto.

Este texto que te dou não é para ser visto de perto: ganha sua secreta redondez antes invisível quando é visto de um avião em alto voo. Então adivinha-se o jogo das ilhas e veem-se canais e mares. Entende-me: escrevo-te uma onomatopeia, convulsão da linguagem. Transmito-te não uma história mas apenas palavras que vivem do som. Digo-te assim:

"Tronco luxurioso."

E banho-me nele. Ele está ligado à raiz que penetra em nós na terra. Tudo o que te escrevo é tenso. Uso palavras soltas que são em si mesmas um dardo livre: "selvagens, bárbaros, nobres decadentes e marginais". Isto te diz alguma coisa? A mim fala.

Mas a palavra mais importante da língua tem uma única letra: é. É.

Estou no seu âmago.

Ainda estou.

Estou no centro vivo e mole.

Ainda.

Tremeluz e é elástico. Como o andar de uma negra pantera lustrosa que vi e que andava macio, lento e perigoso. Mas enjaulada não – porque não quero. Quanto ao imprevisível – a próxima frase me é imprevisível. No âmago onde estou, no âmago do É, não faço perguntas. Porque quando é – é. Sou limitada apenas pela minha identidade. Eu, entidade elástica e separada de outros corpos.

Na verdade ainda não estou vendo bem o fio da meada do que estou te escrevendo. Acho que nunca verei – mas admito o escuro onde fulgem os dois olhos da pantera macia. A escuridão é o meu caldo de cultura. A escuridão feérica. Vou te falando e me arriscando à desconexão: sou subterraneamente inatingível pelo meu conhecimento.

Escrevo-te porque não me entendo.

Mas vou me seguindo. Elástica. É um tal mistério essa floresta onde sobrevivo para ser. Mas agora acho que vai mesmo. Isto é: vou entrar. Quero dizer: no mistério. Eu mesma misteriosa e dentro do âmago em que me movo nadando, protozoário. Um dia eu disse infantilmente: eu posso tudo. Era a antevisão de poder um dia me largar e cair num abandono de qualquer lei. Elástica. A profunda alegria: o êxtase secreto. Sei como inventar um pensamento. Sinto o alvoroço da novidade. Mas bem sei que o que escrevo é apenas um tom.

Nesse âmago tenho a estranha impressão de que não pertenço ao gênero humano.

Há muita coisa a dizer que não sei como dizer. Faltam as palavras. Mas recuso-me a inventar novas: as que existem já devem dizer o que se consegue dizer e o que é proibido. E o que é proibido eu adivinho. Se houver força. Atrás do pensamento não há palavras: é-se. Minha pintura não tem palavras: fica atrás do pensamento. Nesse terreno do é-se sou puro êxtase cristalino. É-se. Sou-me. Tu te és.

E sou assombrada pelos meus fantasmas, pelo que é mítico, fantástico e gigantesco: a vida é sobrenatural. E caminho segurando um guarda-chuva aberto sobre corda tensa. Caminho até o limite do meu sonho grande. Vejo a fúria dos impulsos viscerais: vísceras torturadas me guiam. Não gosto do que acabo de escrever – mas sou obrigada a aceitar o trecho todo porque ele me aconteceu. E respeito muito o que eu me aconteço. Minha essência é inconsciente de si própria e é por isso que cegamente me obedeço.

Estou sendo antimelódica. Comprazo-me com a harmonia difícil dos ásperos contrários. Para onde vou? e a resposta é: vou.

Quando eu morrer então nunca terei nascido e vivido: a morte apaga os traços de espuma do mar na praia.

Agora é um instante.

Já é outro agora.

E outro. Meu esforço: trazer agora o futuro para já. Movo-me dentro de meus instintos fundos que se cumprem às cegas. Sinto então que estou nas proximidades de fontes, lagoas e cachoeiras, todas de águas abundantes. E eu livre.

Ouve-me, ouve meu silêncio. O que falo nunca é o que falo e sim outra coisa. Quando digo "águas abundantes" estou falando da força de corpo nas águas do mundo. Capta essa outra coisa de que na verdade falo porque eu mesma não posso. Lê a energia que está no meu silêncio. Ah tenho medo do Deus e do seu silêncio.

Sou-me.

Mas há também o mistério do impessoal que é o "it": eu tenho o impessoal dentro de mim e não é corrupto e apodrecível pelo pessoal que às vezes me encharca: mas seco-me ao sol e sou um impessoal de caroço seco e germinativo. Meu pessoal é húmus na terra e vive do apodrecimento. Meu "it" é duro como uma pedra-seixo.

A transcendência dentro de mim é o "it" vivo e mole e tem o pensamento que uma ostra tem. Será que a ostra quando arrancada de sua raiz sente ansiedade? Fica inquieta na sua vida sem olhos. Eu costumava pingar limão em cima da ostra viva e via com horror e fascínio ela contorcer-se toda. E eu estava comendo o it vivo. O it vivo é o Deus.

Vou parar um pouco porque sei que o Deus é o mundo. É o que existe. Eu rezo para o que existe? Não é perigoso aproximar-se do que existe. A prece profunda é uma meditação sobre o nada. É o contato seco e elétrico consigo, um consigo impessoal.

Não gosto é quando pingam limão nas minhas profundezas e fazem com que eu me contorça toda. Os fatos da vida são o limão na ostra? Será que a ostra dorme?

Qual é o elemento primeiro? logo teve que ser dois para haver o secreto movimento íntimo do qual jorra leite.

Disseram-me que a gata depois de parir come a própria placenta e durante quatro dias não come mais nada. Só depois é que toma leite. Deixa-me falar puramente em amamentar. Fala-se na subida do leite. Como? E não adiantaria explicar porque a explicação exige uma outra explicação que exigiria uma outra explicação e que se abriria de novo para o mistério. Mas sei de coisas it sobre amamentar criança.

Estou respirando. Para cima e para baixo. Para cima e para baixo. Como é que a ostra nua respira? Se respira não vejo. O que não vejo não existe? O que mais me emociona é que o que não vejo contudo existe. Porque então tenho aos meus pés todo um mundo desconhecido que existe pleno e cheio de rica saliva. A verdade está em alguma parte: mas inútil pensar. Não a descobrirei e no entanto vivo dela.

O que te escrevo não vem de manso, subindo aos poucos até um auge para depois ir morrendo de manso. Não: o que te escrevo é de fogo como olhos em brasa.

Hoje é noite de lua cheia. Pela janela a lua cobre a minha cama e deixa tudo de um branco leitoso azulado. O luar é canhestro. Fica do lado esquerdo de quem entra. Então fujo fechando os olhos. Porque a lua cheia é de uma insônia leve: entorpecida e dormente como depois do amor. E eu tinha resolvido que ia dormir para poder sonhar, estava com saudade das novidades do sonho.

Então sonhei uma coisa que vou tentar reproduzir. Trata-se de um filme que eu assistia. Tinha um homem que imitava artista de cinema. E tudo o que esse homem fazia era por sua vez imitado por outros e outros. Qualquer gesto. E havia a propaganda de uma bebida chamada Zerbino. O homem pegava a garrafa de Zerbino e levava-a à boca. Então todos pegavam uma garrafa de Zerbino e levavam-na à boca. No meio o homem que imitava artista de cinema dizia: este é um filme de propaganda de Zerbino e Zerbino na verdade não presta. Mas não era o final. O homem retomava a bebida e bebia. E assim faziam todos: era fatal. Zerbino era uma instituição mais forte que o homem. As mulheres a essa altura pareciam aeromoças. As aeromoças são desidratadas – é preciso acrescentar-lhes ao pó bastante água para se tornarem leite. É um filme de pessoas automáticas que sabem aguda e gravemente que são automáticas e que não há escapatória. O Deus não é automático: para Ele cada instante é. Ele é it.

Mas há perguntas que me fiz em criança e que não foram respondidas, ficaram ecoando plangentes: o mundo se fez sozinho? Mas se fez onde? em que lugar? E se foi através da energia de Deus – como começou? será que é como agora quando estou sendo e ao mesmo tempo me fazendo? É por esta ausência de resposta que fico tão atrapalhada.

Mas 9 e 7 e 8 são os meus números secretos. Sou uma iniciada sem seita. Ávida do mistério. Minha paixão pelo âmago dos números, nos quais adivinho o cerne de seu próprio destino rígido e fatal. E sonho com luxuriantes grandezas aprofundadas em trevas: alvoroço da abundância, onde as plantas aveludadas e carnívoras somos nós que acabamos de brotar, agudo amor – lento desmaio.

Será que isto que estou te escrevendo é atrás do pensamento? Raciocínio é que não é. Quem for capaz de parar de raciocinar – o que é terrivelmente difícil – que me acompanhe. Mas pelo menos não estou imitando artista de cinema e ninguém precisa me levar à boca ou tornar-se aeromoça.

Vou te fazer uma confissão: estou um pouco assustada. É que não sei aonde me levará esta minha liberdade. Não é arbitrária nem libertina. Mas estou solta.

De vez em quando te darei uma leve história – ária melódica e cantabile para quebrar este meu quarteto de cordas: um trecho figurativo para abrir uma clareira na minha nutridora selva.

Estou livre? Tem qualquer coisa que ainda me prende. Ou prendo-me a ela? Também é assim: não estou toda solta por estar em união com tudo. Aliás uma pessoa é tudo. Não é pesado de se carregar porque simplesmente não se carrega: é-se o tudo.

Parece-me que pela primeira vez estou sabendo das coisas. A impressão é que só não vou mais até as coisas para não me ultrapassar. Tenho certo medo de mim, não sou de confiança, e desconfio do meu falso poder.

Este é a palavra de quem não pode.

Não dirijo nada. Nem as minhas próprias palavras. Mas não é triste: é humildade alegre. Eu, que vivo de lado, sou à esquerda de quem entra. E estremece em mim o mundo.

Esta palavra a ti é promíscua? Gostaria que não fosse, eu não sou promíscua. Mas sou caleidoscópica: fascinam-me as minhas mutações faiscantes que aqui caleidoscopicamente registro.

Vou agora parar um pouco para me aprofundar mais. Depois eu volto.

Voltei. Fui existindo. Recebi uma carta de S. Paulo de pessoa que não conheço. Carta derradeira de suicida. Telefonei para São Paulo. O telefone não respondia, tocava e tocava e soava como num apartamento em silêncio. Morreu ou não morreu. Hoje de manhã telefonei de novo: continuava a não responder. Morreu, sim. Nunca esquecerei.

Não estou mais assustada. Deixa-me falar, está bem? Nasci assim: tirando do útero de minha mãe a vida que sempre foi eterna. Espera por mim – sim? Na hora de pintar ou escrever sou anônima. Meu profundo anonimato que nunca ninguém tocou.

Tenho uma coisa importante para te dizer. É que não estou brincando: it é elemento puro. É material do instante do tempo. Não estou coisificando nada: estou tendo o verdadeiro parto do it. Sinto-me tonta como quem vai nascer.

Nascer: já assisti gata parindo. Sai o gato envolto num saco de água e todo encolhido dentro. A mãe lambe tantas vezes o saco de água que este enfim se rompe e eis um gato quase livre, preso apenas pelo cordão umbilical. Então a gata-mãe-criadora rompe com os dentes esse cordão e aparece mais um fato no mundo. Este processo é it. Não estou brincando. Estou grave. Porque estou livre. Sou tão simples.

Estou dando a você a liberdade. Antes rompo o saco de água. Depois corto o cordão umbilical. E você está vivo por conta própria.

E quando nasço, fico livre. Esta é a base de minha tragédia.

Não. Não é fácil. Mas "é". Comi minha própria placenta para não precisar comer durante quatro dias. Para ter leite para te dar. O leite é um "isto". E ninguém é eu. Ninguém é você. Esta é a solidão.

Estou esperando a próxima frase. É questão de segundos. Falando em segundos pergunto se você aguenta que o tempo seja hoje e agora e já. Eu aguento porque comi a própria placenta.

Às três e meia da madrugada acordei. E logo elástica pulei da cama. Vim te escrever. Quer dizer: ser. Agora são cinco e meia da manhã. De nada tenho vontade: estou pura. Não te desejo esta solidão. Mas eu mesma estou na obscuridade criadora. Lúcida escuridão, luminosa estupidez.

Muita coisa não posso te contar. Não vou ser autobiográfica. Quero ser "bio".

Escrevo ao correr das palavras.

Antes do aparecimento do espelho a pessoa não conhecia o próprio rosto senão refletido nas águas de um lago. Depois de certo tempo cada um é responsável pela cara que tem. Vou olhar agora a minha. É um rosto nu. E quando penso que inexiste um igual ao meu no mundo, fico de susto alegre. Nem nunca haverá. Nunca é o impossível. Gosto de nunca. Também gosto de sempre. Que há entre nunca e sempre que os liga tão indiretamente e intimamente?

No fundo de tudo há a aleluia.

Este instante é. Você que me lê é.

Custa-me crer que eu morra. Pois estou borbulhante numa frescura frígida. Minha vida vai ser longuíssima porque cada instante é. A impressão é que estou por nascer e não consigo.

Sou um coração batendo no mundo.

Você que me lê que me ajude a nascer.

Espere: está ficando escuro. Mais.

Mais escuro.

O instante é de um escuro total.

Continua.

Espere: começo a vislumbrar uma coisa. Uma forma luminescente. Barriga leitosa com umbigo? Espere – pois sairei desta escuridão onde tenho medo, escuridão e êxtase. Sou o coração da treva.

O problema é que na janela de meu quarto há um defeito na cortina. Ela não corre e não se fecha portanto. Então a lua cheia entra toda e vem fosforescer de silêncios o quarto: é horrível.

Agora as trevas vão se dissipando.

Nasci.

Pausa.

Maravilhoso escândalo: nasço.

Estou de olhos fechados. Sou pura inconsciência. Já cortaram o cordão umbilical: estou solta no universo. Não penso mas sinto o it. Com olhos fechados procuro cegamente o peito: quero leite grosso. Ninguém me ensinou a querer. Mas eu já quero. Fico deitada com olhos abertos a ver o teto. Por dentro é a obscuridade. Um eu que pulsa já se forma. Há girassóis. Há trigo alto. Eu é.

Ouço o ribombo oco do tempo. É o mundo surdamente se formando. Se eu ouço é porque existo antes da formação do tempo. "Eu sou" é o mundo. Mundo sem tempo. A minha consciência agora é leve e é ar. O ar não tem lugar nem época. O ar é o não lugar onde tudo vai existir. O que estou escrevendo é música do ar. A formação do mundo. Pouco a pouco se aproxima o que vai ser. O que vai ser já é. O futuro é para a frente e para trás e para os lados. O futuro é o que sempre existiu e sempre existirá. Mesmo que seja abolido o Tempo? O que estou te escrevendo não é para se ler – é para se ser. A trombeta dos anjos-seres ecoa no sem tempo. Nasce no ar a primeira flor. Forma-se o chão que é terra. O resto é ar e o resto é lento fogo em perpétua mutação. A palavra "perpétua" não existe porque não existe o tempo? Mas existe o ribombo. E a existência minha começa a existir. Começa então o tempo?

Ocorreu-me de repente que não é preciso ter ordem para viver. Não há padrão a seguir e nem há o próprio padrão: nasço.

Ainda não estou pronta para falar em "ele" ou "ela". Demonstro "aquilo". Aquilo é lei universal. Nascimento e morte. Nascimento. Morte. Nascimento e – como uma respiração do mundo.

Eu sou puro it que pulsava ritmadamente. Mas sinto que em breve estarei pronta para falar em ele ou ela. História não te prometo aqui. Mas tem it. Quem suporta? It é mole e é ostra e é placenta. Não estou brincando pois não sou um sinônimo – sou o próprio nome. Há uma linha de aço atravessando isto tudo que te escrevo. Há o futuro. Que é hoje mesmo.

Minha noite vasta passa-se no primário de uma latência. A mão pousa na terra e escuta quente um coração a pulsar. Vejo a grande lesma branca com seios de mulher: é ente humano? Queimo-a em fogueira inquisitorial. Tenho o misticismo das trevas de um passado remoto. E saio dessas torturas de vítima com a marca indescritível que simboliza a vida. Cercam-me criaturas elementares, anões, gnomos, duendes e gênios. Sacrifico animais para colher-lhes o sangue de que preciso para minhas cerimônias de sortilégio. Na minha sanha faço a oferenda da alma no seu próprio negrume. A missa me apavora – a mim que a executo. E a turva mente domina a matéria. A fera arreganha os dentes e galopam no longe do ar os cavalos dos carros alegóricos.

Na minha noite idolatro o sentido secreto do mundo. Boca e língua. E um cavalo solto de uma força livre. Guardo-lhe o casco em amoroso fetichismo. Na minha funda noite sopra um louco vento que me traz fiapos de gritos.

Estou sentindo o martírio de uma inoportuna sensualidade. De madrugada acordo cheia de frutos. Quem virá colher os frutos de minha vida? Senão tu e eu mesma? Por que é que as coisas um instante antes de acontecerem parecem já ter acontecido? É uma questão da simultaneidade do tempo. E eis que te faço perguntas e muitas estas serão. Porque sou uma pergunta.

E na minha noite sinto o mal que me domina. O que se chama de bela paisagem não me causa senão cansaço. Gosto é das paisagens de terra esturricada e seca, com árvores contorcidas e montanhas feitas de rocha e com uma luz alvar e suspensa. Ali, sim, é que a beleza recôndita está. Sei que também não gostas de arte. Nasci dura, heroica, solitária e em pé. E encontrei meu contraponto na paisagem sem pitoresco e sem beleza. A feiura é o meu estandarte de guerra. Eu amo o feio com um amor de igual para igual. E desafio a morte. Eu – eu sou a minha própria morte. E ninguém vai mais longe. O que há de bárbaro em mim procura o bárbaro cruel fora de mim. Vejo em claros e escuros os rostos das pessoas que vacilam às chamas da fogueira. Sou uma árvore que arde com duro prazer. Só uma doçura me possui: a conivência com o mundo. Eu amo a minha cruz, a que doloridamente carrego. É o mínimo que posso fazer de minha vida: aceitar comiseravelmente o sacrifício da noite.

O estranho me toma: então abro o negro guarda-chuva e alvoroço-me numa festa de baile onde brilham estrelas. O nervo raivoso dentro de mim e que me contorce. Até que a noite alta vem me encontrar exangue. Noite alta é grande e me come. A ventania me chama. Sigo-a e me estraçalho. Se eu não entrar no jogo que se desdobra em vida perderei a própria vida num suicídio da minha espécie. Protejo com o fogo meu jogo de vida. Quando a existência de mim e do mundo ficam insustentáveis pela razão – então me solto e sigo uma verdade latente. Será que eu reconheceria a verdade se esta se comprovasse.

Estou me fazendo. Eu me faço até chegar ao caroço.

De mim no mundo quero te dizer da força que me guia e me traz o próprio mundo, da sensualidade vital de estruturas nítidas, e das curvas que são organicamente ligadas a outras formas curvas. Meu grafismo e minhas circunvoluções são potentes e a liberdade que sopra no verão tem a fatalidade em si mesma. O erotismo próprio do que é vivo está espalhado no ar, no mar, nas plantas, em nós, espalhado na veemência de minha voz, eu te escrevo com minha voz. E há um vigor de tronco robusto, de raízes entranhadas na terra viva que reage dando-lhes grandes alimentos. Respiro de noite a energia. E tudo isto no fantástico. Fantástico: o mundo por um instante é exatamente o que meu coração pede. Estou prestes a morrer-me e constituir novas composições. Estou me exprimindo muito mal e as palavras certas me escapam. Minha forma interna é finamente depurada e no entanto o meu conjunto com o mundo tem a crueza nua dos sonhos livres e das grandes realidades. Não conheço a proibição. E minha própria força me libera, essa vida plena que se me transborda. E nada planejo no meu trabalho intuitivo de viver: trabalho com o indireto, o informal e o imprevisto.

Agora de madrugada estou pálida e arfante e tenho a boca seca diante do que alcanço. A natureza em cântico coral e eu morrendo. O que canta a natureza? a própria palavra final que não é nunca mais eu. Os séculos cairão sobre mim. Mas por enquanto uma truculência de corpo e alma que se manifesta no rico escaldar de palavras pesadas que se atropelam umas nas outras – e algo selvagem, primário e enervado se ergue dos meus pântanos, a planta maldita que está próxima de se entregar ao Deus. Quanto mais maldita, mais até o Deus. Eu me aprofundei em mim e encontrei que eu quero vida sangrenta, e o sentido oculto tem uma intensidade que tem luz. É a luz secreta de uma sabedoria da fatalidade: a pedra fundamental da terra. É mais um presságio de vida que vida mesmo. Eu a exorcizo excluindo os profanos. No meu mundo pouca liberdade de ação me é concedida. Sou livre apenas para executar os gestos fatais. Minha anarquia obedece subterraneamente a uma lei onde lido oculta com astronomia, matemática e mecânica. A liturgia dos enxames dissonantes dos insetos que saem dos pântanos nevoentos e pestilentos. Insetos, sapos, piolhos, moscas, pulgas e percevejos – tudo nascido de uma corrupta germinação malsã de larvas. E minha fome se alimenta desses seres putrefatos em decomposição. Meu rito é purificador de forças. Mas existe malignidade na selva. Bebo um gole de sangue que me plenifica toda. Ouço címbalos e trombetas e tamborins que enchem o ar de barulhos e marulhos abafando então o silêncio do disco do sol e seu prodígio. Quero um manto tecido com fios de ouro solar. O sol é a tensão mágica do silêncio. Na minha viagem aos mistérios ouço a planta carnívora que lamenta tempos imemoriais: e tenho pesadelos obscenos sob ventos doentios. Estou encantada, seduzida, arrebatada por vozes furtivas. As inscrições cuneiformes quase ininteligíveis falam de como conceber e dão fórmulas sobre como se alimentar da força das trevas. Falam das fêmeas nuas e rastejantes. E o eclipse do sol causa terror secreto que no entanto anuncia um esplendor de coração. Ponho sobre os cabelos o diadema de bronze.

    Atrás do pensamento – mais atrás ainda – está o teto que eu olhava enquanto infante. De repente chorava. Já era amor. Ou nem mesmo chorava. Ficava à espreita. A perscrutar o teto. O instante é o vasto ovo de vísceras mornas.

    Agora é de novo madrugada.

Mas ao amanhecer eu penso que nós somos os contemporâneos do dia seguinte. Que o Deus me ajude: estou perdida. Preciso terrivelmente de você. Nós temos que ser dois. Para que o trigo fique alto. Estou tão grave que vou parar.

Nasci há alguns instantes e estou ofuscada.

Os cristais tilintam e faíscam. O trigo está maduro: o pão é repartido. Mas repartido com doçura? É importante saber. Não penso assim como o diamante não pensa. Brilho toda límpida. Não tenho fome nem sede: sou. Tenho dois olhos que estão abertos. Para o nada. Para o teto.

Vou fazer um adaggio. Leia devagar e com paz. É um largo afresco.

Nascer é assim:

Os girassóis lentamente viram suas corolas para o sol. O trigo está maduro. O pão é com doçura que se come. Meu impulso se liga ao das raízes das árvores.

Nascimento: os pobres têm uma oração em sânscrito. Eles não pedem: são pobres de espírito. Nascimento: os africanos têm a pele negra e fosca. Muitos são filhos da rainha de Sabá com o rei Salomão. Os africanos para me adormecer, eu recém-nascida, entoam uma lenga-lenga primária onde cantam monotonamente que a sogra, logo que eles saem, vem e tira um cacho de bananas.

Há uma canção do amor deles que diz também monotonamente o lamento que faço meu: por que te amo se não respondes? envio mensageiros em vão; quando te cumprimento tu ocultas a face; por que te amo se nem ao menos me notas? Há também a canção para ninar elefantes que vão se banhar no rio. Sou africana: um fio de lamento triste e largo e selvático está na minha voz que te canta. Os brancos batiam nos negros com chicote. Mas como o cisne segrega um óleo que impermeabiliza a pele – assim a dor dos negros não pode entrar e não dói. Pode-se transformar a dor em prazer – basta um "clic". Cisne negro?

Mas há os que morrem de fome e eu nada posso senão nascer. Minha lenga-lenga é: que posso fazer por eles? Minha resposta é: pintar um afresco em adaggio. Poderia sofrer a fome dos outros em silêncio mas uma voz de contralto me faz cantar – canto fosco e negro. É minha mensagem de pessoa só. A pessoa come outra de fome. Mas eu me alimentei com minha própria placenta. E não vou roer unhas porque isto é um tranquilo adaggio.

Parei para tomar água fresca: o copo neste instante-já é de grosso cristal facetado e com milhares de faíscas de instantes. Os objetos são tempo parado?

Continua a lua cheia. Relógios pararam e o som de um carrilhão rouco escorre pelo muro. Quero ser enterrada com o relógio no pulso para que na terra algo possa pulsar o tempo.

Estou tão ampla. Sou coerente: meu cântico é profundo. Devagar. Mas crescendo. Está crescendo mais ainda. Se crescer muito vira lua cheia e silêncio, e fantasmagórico chão lunar. À espreita do tempo que para. O que te escrevo é sério. Vai virar duro objeto imperecível. O que vem é imprevisto. Para ser inutilmente sincera devo dizer que agora são seis e quinze da manhã.

O risco – estou arriscando descobrir terra nova. Onde jamais passos humanos houve. Antes tenho que passar pelo vegetal perfumado. Ganhei dama-da-noite que fica no meu terraço. Vou começar a fabricar o meu próprio perfume: compro álcool apropriado e a essência do que já vem macerado e sobretudo o fixador que tem que ser de origem puramente animal. Almíscar pesado. Eis o último acorde grave do adaggio. Meu número é 9. É 7. É 8. Tudo atrás do pensamento. Se tudo isso existe, então eu sou. Mas por que esse mal-estar? É porque não estou vivendo do único modo que existe para cada um de se viver e nem sei qual é. Desconfortável. Não me sinto bem. Não sei o que é que há. Mas alguma coisa está errada e dá mal-estar. No entanto estou sendo franca e meu jogo é limpo. Abro o jogo.

Só não conto os fatos de minha vida: sou secreta por natureza. O que há então? Só sei que não quero a impostura. Recuso-me. Eu me aprofundei mas não acredito em mim porque meu pensamento é inventado.

Já posso me preparar para o "ele" ou "ela". O adaggio chegou ao fim. Então começo. Não minto. Minha verdade faísca como um pingente de lustre de cristal.

Mas ela é oculta. Eu aguento porque sou forte: comi minha própria placenta.

Embora tudo seja tão frágil. Sinto-me tão perdida. Vivo de um segredo que se irradia em raios luminosos que me ofuscariam se eu não os cobrisse com um manto pesado de falsas certezas. Que o Deus me ajude: estou sem guia e é de novo escuro.

Terei que morrer de novo para de novo nascer? Aceito.

Vou voltar para o desconhecido de mim mesma e quando nascer falarei em "ele" ou "ela". Por enquanto o que me sustenta é o "aquilo" que é um "it". Criar de si próprio um ser é muito grave. Estou me criando. E andar na escuridão completa à procura de nós mesmos é o que fazemos. Dói. Mas é dor de parto: nasce uma coisa que é. É-se. É duro como uma pedra seca. Mas o âmago é it mole e vivo, perecível, periclitante. Vida de matéria elementar.

Como o Deus não tem nome vou dar a Ele o nome de Simptar. Não pertence a língua nenhuma. Eu me dou o nome de Amptala. Que eu saiba não existe tal nome. Talvez em língua anterior ao sânscrito, língua it. Ouço o tique-taque do relógio: apresso-me então. O tique-taque é it.

Acho que não vou morrer no instante seguinte porque o médico que me examinou detidamente disse que estou em saúde perfeita. Está vendo? o instante passou e eu não morri. Quero que me enterrem diretamente na terra embora dentro do caixão. Não quero ser engavetada na parede como no cemitério São João Batista que não tem mais lugar na terra. Então inventaram essas diabólicas paredes onde se fica como num arquivo.

Agora é um instante. Você sente? eu sinto.

O ar é "it" e não tem perfume. Também gosto. Mas gosto de dama-da--noite, almiscarada porque sua doçura é uma entrega à lua. Já comi geleia de rosas pequenas e escarlates: seu gosto nos benze ao mesmo tempo que nos acomete. Como reproduzir em palavras o gosto? O gosto é uno e as palavras são muitas. Quanto à música, depois de tocada para onde ela vai? Música só tem de concreto o instrumento. Bem atrás do pensamento tenho um fundo musical. Mas ainda mais atrás há o coração batendo. Assim o mais profundo pensamento é um coração batendo.

Quero morrer com vida. Juro que só morrerei lucrando o último instante. Há uma prece profunda em mim que vai nascer não sei quando. Queria tanto morrer de saúde. Como quem explode. Éclater é melhor: j'éclate. Por enquanto há diálogo contigo. Depois será monólogo. Depois o silêncio. Sei que haverá uma ordem.

O caos de novo se prepara como instrumentos musicais que se afinam antes de começar a música eletrônica. Estou improvisando e a beleza do que improviso é fuga. Sinto latejando em mim a prece que ainda não veio. Sinto que vou pedir que os fatos apenas escorram sobre mim sem me molhar. Estou pronta para o silêncio grande da morte. Vou dormir.

Levantei-me. O tiro de misericórdia. Porque estou cansada de me defender. Sou inocente. Até ingênua porque me entrego sem garantias. Nasci por Ordem. Estou inteiramente tranquila. Respiro por Ordem. Não tenho estilo de vida: atingi o impessoal, o que é tão difícil. Daqui a pouco a Ordem vai me mandar ultrapassar o máximo. Ultrapassar o máximo é viver o elemento puro. Tem pessoas que não aguentam: vomitam. Mas eu estou habituada ao sangue.

Que música belíssima ouço no profundo de mim. É feita de traços geométricos se entrecruzando no ar. É música de câmara. Música de câmara é sem melodia. É modo de expressar o silêncio. O que te escrevo é de câmara.

E isto que tento escrever é maneira de me debater. Estou apavorada. Por que nesta Terra houve dinossauros? como se extingue uma raça?

Verifico que estou escrevendo como se estivesse entre o sono e a vigília.

Eis que de repente vejo que há muito não estou entendendo. O gume de minha faca está ficando cego? Parece-me que o mais provável é que não entendo porque o que vejo agora é difícil: estou entrando sorrateiramente em contato com uma realidade nova para mim que ainda não tem pensamentos correspondentes e muito menos ainda alguma palavra que a signifique: é uma sensação atrás do pensamento.

E eis que o meu mal me domina. Sou ainda a cruel rainha dos medas e dos persas e sou também uma lenta evolução que se lança como ponte levadiça a um futuro cujas névoas leitosas já respiro. Minha aura é de mistério de vida. Eu me ultrapasso abdicando de meu nome, e então sou o mundo. Sigo a voz do mundo com voz única.

O que te escrevo não tem começo: é uma continuação. Das palavras deste canto, canto que é meu e teu, evola-se um halo que transcende as frases, você sente? Minha experiência vem de que eu já consegui pintar o halo das coisas. O halo é mais importante que as coisas e que as palavras. O halo é vertiginoso. Finco a palavra no vazio descampado: é uma palavra como fino bloco monolítico que projeta sombra. E é trombeta que anuncia. O halo é o it.

Preciso sentir de novo o it dos animais. Há muito tempo não entro em contato com a vida primitiva animálica. Estou precisando estudar bichos. Quero captar o it para poder pintar não uma águia e um cavalo, mas um cavalo com asas abertas de grande águia.

Arrepio-me toda ao entrar em contato físico com bichos ou com a simples visão deles. Os bichos me fantasticam. Eles são o tempo que não se conta. Pareço ter certo horror daquela criatura viva que não é humana e que tem meus próprios instintos embora livres e indomáveis. Animal nunca substitui uma coisa por outra.

Os animais não riem. Embora às vezes o cão ri. Além da boca arfante o sorriso se transmite por olhos tornados brilhantes e mais sensuais, enquanto o rabo abana em alegre perspectiva. Mas gato não ri nunca. Um "ele" que conheço não quer mais saber de gatos. Fartou-se para sempre porque tinha certa gata que ficava em danação periódica. Eram tão imperativos os seus instintos que na época do cio, após longos e plangentes miados, jogava-se de cima do telhado e feria-se no chão.

Às vezes eletrizo-me ao ver bicho. Estou agora ouvindo o grito ancestral dentro de mim: parece que não sei quem é mais a criatura, se eu ou o bicho. E confundo-me toda. Fico ao que parece com medo de encarar instintos abafados que diante do bicho sou obrigada a assumir.

Conheci um "ela" que humanizava bicho conversando com ele e emprestando-lhe as próprias características. Não humanizo bicho porque é ofensa – há de respeitar-lhe a natureza – eu é que me animalizo. Não é difícil e vem simplesmente. É só não lutar contra e é só entregar-se.

Nada existe de mais difícil do que entregar-se ao instante. Esta dificuldade é dor humana. É nossa. Eu me entrego em palavras e me entrego quando pinto.

Segurar passarinho na concha meio fechada da mão é terrível, é como se tivesse os instantes trêmulos na mão. O passarinho espavorido esbate desordenadamente milhares de asas e de repente se tem na mão semicerrada as asas finas debatendo-se e de repente se torna intolerável e abre-se depressa a mão para libertar a presa leve. Ou se entrega-o depressa ao dono para que ele lhe dê a maior liberdade relativa da gaiola. Pássaros – eu os quero nas árvores ou voando longe de minhas mãos. Talvez certo dia venha a ficar íntima deles e a gozar-lhes a levíssima presença de instante. "Gozar-lhes a levíssima presença" dá-me a sensação de ter escrito frase completa por dizer exatamente o que é: a levitação dos pássaros.

Ter coruja nunca me ocorreria, embora eu as tenha pintado nas grutas. Mas um "ela" achou por terra na mata de Santa Teresa um filhote de coruja todo só e à míngua de mãe. Levou-o para casa. Aconchegou-o. Alimentou-o e dava-lhe murmúrios e terminou descobrindo que ele gostava de carne crua. Quando ficou forte era de se esperar que fugisse imediatamente mas demorou a ir em busca do próprio destino que seria o de reunir-se aos de sua doida raça: é que se afeiçoara, essa diabólica ave, à moça. Até que num arranco – como se estivesse em luta consigo própria – libertou-se com o voo para a profundeza do mundo.

Já vi cavalos soltos no pasto onde de noite o cavalo branco – rei da natureza – lançava para o alto ar seu longo relincho de glória. Já tive perfeitas relações com eles. Lembro-me de mim de pé com a mesma altivez do cavalo e a passar a mão pelo seu pelo nu. Pela sua crina agreste. Eu me sentia assim: a mulher e o cavalo.

Sei história passada mas que se renova já. O ele contou-me que morou durante algum tempo com parte de sua família que vivia em pequena aldeia num vale dos altos Pireneus nevados. No inverno os lobos esfaimados desciam das montanhas até a aldeia a farejar presa. Todos os habitantes se trancavam atentos em casa a abrigar na sala ovelhas e cavalos e cães e cabras, o calor humano e calor animal – todos alertamente a ouvir o arranhar das garras dos lobos nas portas cerradas. A escutar. A escutar.

Estou melancólica. É de manhã. Mas conheço o segredo das manhãs puras. E descanso na melancolia.

Sei da história de uma rosa. Parece-te estranho falar em rosa quando estou me ocupando com bichos? Mas ela agiu de um modo tal que lembra os mistérios animais. De dois em dois dias eu comprava uma rosa e colocava-a na água dentro da jarra feita especialmente estreita para abrigar o longo talo de uma só flor. De dois em dois dias a rosa murchava e eu a trocava por outra. Até que houve determinada rosa. Cor-de-rosa sem corante ou enxerto porém do mais vivo rosa pela natureza mesmo.

Sua beleza alargava o coração em amplidões. Parecia tão orgulhosa da turgidez de sua corola toda aberta e das próprias pétalas que era com uma altivez que se mantinha quase ereta. Porque não ficava totalmente ereta: com graciosidade inclinava-se sobre o talo que era fino e quebradiço. Uma relação íntima estabeleceu-se intensamente entre mim e a flor: eu a admirava e ela parecia sentir-se admirada. E tão gloriosa ficou na sua assombração e com tanto amor era observada que se passavam os dias e ela não murchava: continuava de corola toda aberta e túmida, fresca como flor nascida. Durou em beleza e vida uma semana inteira. Só então começou a dar mostras de algum cansaço. Depois morreu. Foi com relutância que a troquei por outra. E nunca a esqueci. O estranho é que a empregada perguntou-me um dia à queima-roupa: "e aquela rosa?" Nem perguntei qual. Sabia. Esta rosa que viveu por amor longamente dado era lembrada porque a mulher vira o modo como eu olhava a flor e transmitia-lhe em ondas a minha energia. Intuíra cegamente que algo se passara entre mim e a rosa. Esta – deu-me vontade de chamá-la de "joia da vida", pois chamo muito as coisas – tinha tanto instinto de natureza que eu e ela tínhamos podido nos viver uma a outra profundamente como só acontece entre bicho e homem.

Não ter nascido bicho é uma minha secreta nostalgia. Eles às vezes clamam do longe muitas gerações e eu não posso responder senão ficando inquieta. É o chamado.

Esse ar solto, esse vento que me bate na alma da cara deixando-a ansiada numa imitação de um angustiante êxtase cada vez novo, novamente e sempre, cada vez o mergulho em alguma coisa sem fundo onde caio sempre caindo sem parar até morrer e adquirir enfim silêncio. Oh vento siroco, eu não te perdoo a morte, tu que me trazes uma lembrança machucada de coisas vividas que, ai de mim, sempre se repetem, mesmo sob formas outras e diferentes. A coisa vivida me espanta assim como me espanta o futuro. Este, como o já passado, é intangível, mera suposição.

Estou neste instante num vazio branco esperando o próximo instante. Contar o tempo é apenas hipótese de trabalho. Mas o que existe é perecível e isto obriga a contar o tempo imutável e permanente. Nunca começou e nunca vai acabar. Nunca.

Soube de um ela que morreu na cama mas aos gritos: estou me apagando! Até que houve o benefício do coma dentro do qual o ela se libertou do corpo e não teve nenhum medo de morrer.

Para te escrever eu antes me perfumo toda.

Eu te conheço todo por te viver toda. Em mim é profunda a vida. As madrugadas vêm me encontrar pálida de ter vivido a noite dos sonhos fundos. Embora às vezes eu sobrenade num raso aparente que tem debaixo de si uma profundidade de azul-escuro quase negro. Por isto te escrevo. Por sopro das grossas algas e no tenro nascente do amor.

Eu vou morrer: há esta tensão como a de um arco prestes a disparar a flecha. Lembro-me do signo Sagitário: metade homem e metade animal. A parte humana em rigidez clássica segura o arco e flecha. O arco pode disparar a qualquer instante e atingir o alvo. Sei que vou atingir o alvo.

Agora vou escrever ao correr da mão: não mexo no que ela escrever. Esse é um modo de não haver defasagem entre o instante e eu: ajo no âmago do próprio instante. Mas de qualquer modo há alguma defasagem. Começa assim: como o amor impede a morte, e não sei o que estou querendo dizer com isto. Confio na minha incompreensão que tem me dado vida liberta do entendimento, perdi amigos, não entendo a morte. O horrível dever é o de ir até o fim. E sem contar com ninguém. Viver-se a si mesma. E para sofrer menos embotar-me um pouco. Porque não posso mais carregar as dores do mundo. Que fazer quando sinto totalmente o que outras pessoas são e sentem? Vivo-as mas não tenho mais força. Não quero contar nem a mim mesma certas coisas. Seria trair o é-se. Sinto que sei de umas verdades. Que já pressinto. Mas verdades não têm palavras. Verdades ou verdade? Não vou falar no Deus, Ele é segredo meu. Está fazendo um dia de sol. A praia estava cheia de vento bom e de uma liberdade. E eu estava só. Sem precisar de ninguém. É difícil porque preciso repartir contigo o que sinto. O mar calmo. Mas à espreita e em suspeita. Como se tal calma não pudesse durar. Algo está sempre por acontecer. O imprevisto improvisado e fatal me fascina. Já entrei contigo em comunicação tão forte que deixei de existir sendo. Você tornou-se um eu. É tão difícil falar e dizer coisas que não podem ser ditas. É tão silencioso. Como traduzir o silêncio do encontro real entre nós dois? Dificílimo contar: olhei para você fixamente por uns instantes. Tais momentos são meu segredo. Houve o que se chama de comunhão perfeita. Eu chamo isto de estado agudo de felicidade. Estou terrivelmente lúcida e parece que alcanço um plano mais alto de humanidade. Ou da desumanidade – o it.

O que faço por involuntário instinto não pode ser descrito.

Que estou fazendo ao te escrever? estou tentando fotografar o perfume.

Escrevo-te sentada junto de uma janela aberta no alto de meu atelier.

Escrevo-te este fac-símile de livro, o livro de quem não sabe escrever; mas é que no domínio mais leve da fala quase não sei falar. Sobretudo falar-te por escrito, eu que me habituei a que fosses a audiência, embora distraída, de minha voz. Quando pinto respeito o material que uso, respeito-lhe o primordial destino. Então quando te escrevo respeito as sílabas.

Novo instante em que vejo o que vai se seguir. Embora para falar do instante de visão eu tenha que ser mais discursiva que o instante: muitos instantes se passarão antes que eu desdobre e esgote a complexidade una e rápida de um relance.

Escrevo-te à medida de meu fôlego. Estarei sendo hermética como na minha pintura? Porque parece que se tem de ser terrivelmente explícita. Sou explícita? Pouco se me dá. Agora vou acender um cigarro. Talvez volte à máquina ou talvez pare por aqui mesmo para sempre. Eu, que nunca sou adequada.

Voltei. Estou pensando em tartarugas. Uma vez eu disse por pura intuição que a tartaruga era um animal dinossáurico. Depois é que vim ler que é mesmo. Tenho cada uma. Um dia vou pintar tartarugas. Elas me interessam muito. Todos os seres vivos, que não o homem, são um escândalo de maravilhamento: fomos modelados e sobrou muita matéria-prima – it – e formaram-se então os bichos. Para que uma tartaruga? Talvez o título do que estou te escrevendo devesse ser um pouco assim e em forma interrogativa: "E as tartarugas?" Você que me lê diria: é verdade que há muito tempo não penso em tartarugas.

Fiquei de repente tão aflita que sou capaz de dizer agora fim e acabar o que te escrevo, é mais na base de palavras cegas. Mesmo para os descrentes há o instante do desespero que é divino: a ausência do Deus é um ato de religião. Neste mesmo instante estou pedindo ao Deus que me ajude. Estou precisando. Precisando mais do que a força humana. Sou forte mas também destrutiva. O Deus tem que vir a mim já que não tenho ido a Ele. Que o Deus venha: por favor. Mesmo que eu não mereça. Venha. Ou talvez os que menos merecem mais precisem. Sou inquieta e áspera e desesperançada. Embora amor dentro de mim eu tenha. Só que não sei usar amor. Às vezes me arranha como se fossem farpas. Se tanto amor dentro de mim recebi e no entanto continuo inquieta é porque preciso que o Deus venha. Venha antes que seja tarde demais. Corro perigo como toda pessoa que vive. E a única coisa que me espera é exatamente o inesperado. Mas sei que terei paz antes da morte e que experimentarei um dia o delicado da vida. Perceberei – assim como se come e se vive o gosto da comida. Minha voz cai no abismo de teu silêncio. Tu me lês em silêncio. Mas nesse ilimitado campo mudo desdobro as asas, livre para viver. Então aceito o pior e entro no âmago da morte e para isto estou viva. O âmago sensível. E vibra-me esse it.

Agora vou falar da dolência das flores para sentir mais a ordem do que existe. Antes te dou com prazer o néctar, suco doce que muitas flores contêm e que os insetos buscam com avidez. Pistilo é órgão feminino da flor que geralmente ocupa o centro e contém o rudimento da semente. Pólen é pó fecundante produzido nos estames e contido nas anteras. Estame é o órgão masculino da flor. É composto por estilete e pela antera na parte inferior contornando o pistilo. Fecundação é a união de dois elementos de geração – masculino e feminino – da qual resulta o fruto fértil. "E plantou Javé Deus um jardim no Éden que fica no Oriente e colocou nele o homem que formara" (Gen. 11-8).

Quero pintar uma rosa.

Rosa é a flor feminina que se dá toda e tanto que para ela só resta a alegria de se ter dado. Seu perfume é mistério doido. Quando profundamente aspirada toca no fundo íntimo do coração e deixa o interior do corpo inteiro perfumado. O modo de ela se abrir em mulher é belíssimo. As pétalas têm gosto bom na boca – é só experimentar. Mas rosa não é it. É ela. As encarnadas são de grande sensualidade. As brancas são a paz do Deus. É muito raro encontrar na casa de flores rosas brancas. As amarelas são de um alarme alegre. As cor-de-rosa são em geral mais carnudas e têm a cor por excelência. As alaranjadas são produto de enxerto e são sexualmente atraentes.

Preste atenção e é um favor: estou convidando você para mudar-se para reino novo.

Já o cravo tem uma agressividade que vem de certa irritação. São ásperas e arrebitadas as pontas de suas pétalas. O perfume do cravo é de algum modo mortal. Os cravos vermelhos berram em violenta beleza. Os brancos lembram o pequeno caixão de criança defunta: o cheiro então se torna pungente e a gente desvia a cabeça para o lado com horror. Como transplantar o cravo para a tela?

O girassol é o grande filho do sol. Tanto que sabe virar sua enorme corola para o lado de quem o criou. Não importa se é pai ou mãe. Não sei. Será o girassol flor feminina ou masculina? Acho que masculina.

A violeta é introvertida e sua introspecção é profunda. Dizem que se esconde por modéstia. Não é. Esconde-se para poder captar o próprio segredo. Seu quase-não-perfume é glória abafada mas exige da gente que o busque. Não grita nunca o seu perfume. Violeta diz levezas que não se podem dizer.

A sempre-viva é sempre morta. Sua secura tende à eternidade. O nome em grego quer dizer: sol de ouro. A margarida é florzinha alegre. É simples e à tona da pele. Só tem uma camada de pétalas. O centro é uma brincadeira infantil.

A formosa orquídea é exquise e antipática. Não é espontânea. Requer redoma. Mas é mulher esplendorosa e isto não se pode negar. Também não se pode negar que é nobre porque é epífita. Epífitas nascem sobre outras plantas sem contudo tirar delas a nutrição. Estava mentindo quando disse que era antipática. Adoro orquídeas. Já nascem artificiais, já nascem arte.

Tulipa só é tulipa na Holanda. Uma única tulipa simplesmente não é. Precisa de campo aberto para ser.

Flor dos trigais só dá no meio do trigo. Na sua humildade tem a ousadia de aparecer em diversas formas e cores. A flor do trigal é bíblica. Nos presépios da Espanha não se separa dos ramos de trigo. É um pequeno coração batendo.

Mas angélica é perigosa. Tem perfume de capela. Traz êxtase. Lembra a hóstia. Muitos têm vontade de comê-la e encher a boca com o intenso cheiro sagrado.

O jasmim é dos namorados. Dá vontade de pôr reticências agora. Eles andam de mãos dadas, balançando os braços e se dão beijos suaves ao quase som odorante do jasmim.

Estrelícia é masculina por excelência. Tem uma agressividade de amor e de sadio orgulho. Parece ter crista de galo e o seu canto. Só que não espera pela aurora. A violência de tua beleza.

Dama-da-noite tem perfume de lua cheia. É fantasmagórica e um pouco assustadora e é para quem ama o perigo. Só sai de noite com o seu cheiro tonteador. Dama-da-noite é silente. E também da esquina deserta e em trevas e dos jardins de casas de luzes apagadas e janelas fechadas. É perigosíssima: é um assobio no escuro, o que ninguém aguenta. Mas eu aguento porque amo o perigo. Quanto à suculenta flor de cáctus, é grande e cheirosa e de cor brilhante. É a vingança sumarenta que faz a planta desértica. É o esplendor nascendo da esterilidade despótica.

Estou com preguiça de falar da edelvais. É que se encontra à altura de três mil e quatrocentos metros de altitude. É branca e lanosa. Raramente alcançável: é a aspiração.

Gerânio é flor de canteiro de janela. Encontra-se em S. Paulo, no bairro de Grajaú e na Suíça.

Vitória-régia está no Jardim Botânico do Rio de Janeiro. Enorme e até quase dois metros de diâmetro. Aquáticas, é de se morrer delas. Elas são o amazônico: o dinossauro das flores. Espalham grande tranquilidade. A um tempo majestosas e simples. E apesar de viverem no nível das águas elas dão sombras. Isto que estou te escrevendo é em latim: de natura florum. Depois te mostrarei o meu estudo já transformado em desenho linear.

O crisântemo é de alegria profunda. Fala através da cor e do despenteado. É flor que descabeladamente controla a própria selvageria.

Acho que vou ter que pedir licença para morrer. Mas não posso, é tarde demais. Ouvi o "Pássaro de fogo" – e afoguei-me inteira.

Tenho que interromper porque – Eu não disse? eu não disse que um dia ia me acontecer uma coisa? Pois aconteceu agora mesmo. Um homem chamado João falou comigo pelo telefone. Ele se criou no profundo da Amazônia. E diz que lá corre a lenda de uma planta que fala. Chama-se tajá. E dizem que sendo mistificada de um modo ritualista pelos indígenas, ela eventualmente diz uma palavra. João me contou uma coisa que não tem explicação: uma vez entrou tarde da noite em casa e quando estava passando pelo corredor onde estava a planta ouviu a palavra "João". Então pensou que era sua mãe o chamando e respondeu: já vou. Subiu mas encontrou a mãe e o pai ressonando profundamente.

Estou cansada. Meu cansaço vem muito porque sou pessoa extremamente ocupada: tomo conta do mundo. Todos os dias olho pelo terraço para o pedaço de praia com mar e vejo as espessas espumas mais brancas e que durante a noite as águas avançaram inquietas. Vejo isto pela marca que as ondas deixam na areia. Olho as amendoeiras da rua onde moro. Antes de dormir tomo conta do mundo e vejo se o céu da noite está estrelado e azul-marinho porque em certas noites em vez do negro o céu parece azul-marinho intenso, cor que já pintei em vitral. Gosto de intensidades. Tomo conta do menino que tem nove anos de idade e que está vestido de trapos e macérrimo. Terá tuberculose, se é que já não a tem. No Jardim Botânico, então, fico exaurida. Tenho que tomar conta com o olhar de milhares de plantas e árvores e sobretudo da vitória-régia. Ela está lá. E eu a olho.

Repare que não menciono minhas impressões emotivas: lucidamente falo de algumas das milhares de coisas e pessoas das quais tomo conta. Também não se trata de emprego pois dinheiro não ganho por isto. Fico apenas sabendo como é o mundo.

Se tomar conta do mundo dá muito trabalho? Sim. Por exemplo: obriga-me a me lembrar do rosto inexpressivo e por isso assustador da mulher que vi na rua. Com os olhos tomo conta da miséria dos que vivem encosta acima.

Você há de me perguntar por que tomo conta do mundo. É que nasci incumbida.

Tomei em criança conta de uma fileira de formigas: elas andam em fila indiana carregando um mínimo de folha. O que não impede que cada uma comunique alguma coisa à que vier em direção oposta. Formiga e abelha já não são it. São elas.

Li o livro sobre as abelhas e desde então tomo conta sobretudo da rainha-mãe. As abelhas voam e lidam com flores. É banal? Isto eu mesma constatei. Faz parte do trabalho registrar o óbvio. Na pequena formiga cabe todo um mundo que me escapa se eu não tomar cuidado. Por exemplo: cabe senso instintivo de organização, linguagem para além do supersônico e sentimentos de sexo. Agora não encontro uma só formiga para olhar. Que não houve matança eu sei porque senão já teria sabido.

Tomar conta do mundo exige também muita paciência: tenho que esperar pelo dia em que me apareça uma formiga.

Só não encontrei ainda a quem prestar contas. Ou não? Pois estou te prestando contas aqui mesmo. Vou agora mesmo prestar-te contas daquela primavera que foi bem seca. O rádio estalava ao captar-lhe a estática. A roupa eriçava-se ao largar a eletricidade do corpo e o pente erguia os cabelos imantados – esta era uma dura primavera. Ela estava exausta do inverno e brotava toda elétrica. De qualquer ponto em que se estava partia-se para o longe. Nunca se viu tanto caminho. Falamos pouco, tu e eu. Ignoro por que todo o mundo estava tão zangado e eletronicamente apto. Mas apto a quê? O corpo pesava de sono. E os nossos grandes olhos inexpressivos como olhos de cego quando estão bem abertos. No terraço estava o peixe no aquário e tomamos refresco naquele bar de hotel olhando para o campo. Com o vento vinha o sonho das cabras: na outra mesa um fauno solitário. Olhávamos o copo de refresco gelado e sonhávamos estáticos dentro do copo transparente. "O que é mesmo o que você disse?", você perguntava. "Eu não disse nada." Passavam-se dias e mais dias e tudo naquele perigo e os gerânios tão encarnados. Bastava um instante de sintonização e de novo captava-se a estática farpada da primavera ao vento: o sonho impudente das cabras e o peixe todo vazio e nossa súbita tendência ao roubo de frutas. O fauno agora coroado em saltos solitários. "O quê?" "Eu não disse nada." Mas eu percebia um primeiro rumor como o de um coração batendo debaixo da terra. Colocava quietamente o ouvido no chão e ouvia o verão abrir caminho por dentro e o meu coração embaixo da terra – "nada! eu não disse nada!" – e sentia a paciente brutalidade com que a terra fechada se abria por dentro em parto, e sabia com que peso de doçura o verão amadurecia cem mil laranjas e sabia que as laranjas eram minhas. Porque eu queria.

Orgulho-me de sempre pressentir mudança de tempo. Há coisa no ar – o corpo avisa que virá algo novo e eu me alvoroço toda. Não sei para quê. Naquela mesma primavera ganhei a planta chamada prímula. É tão misteriosa que no seu mistério está contido o inexplicável da natureza. Aparentemente nada tem de singular. Mas no dia exato em que começa a primavera as folhas morrem e em lugar delas nascem flores fechadas que têm um perfume feminino e masculino extremamente estonteador.

A gente está sentada perto e olhando distraída. E eis que elas vagarosamente vão se abrindo e entregando-se à nova estação sob nosso olhar espantado: é a primavera que então se instala.

Mas quando vem o inverno eu dou e dou e dou. Agasalho muito. Aconchego ninhadas de pessoas no meu peito morno. E ouve-se barulho de quem toma sopa quente. Estou vivendo agora dias de chuva: já se aproxima eu dar.

Não vê que isto aqui é como filho nascendo? Dói. Dor é vida exacerbada. O processo dói. Vir-a-ser é uma lenta e lenta dor boa. É o espreguiçamento amplo até onde a pessoa pode se esticar. E o sangue agradece. Respiro, respiro. O ar é it. Ar com vento já é um ele ou ela. Se eu tivesse que me esforçar para te escrever ia ficar tão triste. Às vezes não aguento a força da inspiração. Então pinto abafado. É tão bom que as coisas não dependam de mim.

Tenho falado muito em morte. Mas vou te falar no sopro da vida. Quando a pessoa já está sem respiração faz-se a respiração bucal: cola-se a boca na boca do outro e se respira. E a outra recomeça a respirar. Essa troca de aspirações é uma das coisas mais belas que já ouvi dizerem da vida. Na verdade a beleza deste boca a boca está me ofuscando.

Oh, como tudo é incerto. E no entanto dentro da Ordem. Não sei sequer o que vou te escrever na frase seguinte. A verdade última a gente nunca diz. Quem sabe da verdade que venha então. E fale. Ouviremos contritos.

...... eu o vi de repente e era um homem tão extraordinariamente bonito e viril que eu senti uma alegria de criação. Não é que eu o quisesse para mim assim como não quero para mim o menino que vi com cabelos de arcanjo correndo atrás da bola. Eu queria somente olhar. O homem olhou um instante para mim e sorriu calmo: ele sabia quanto era belo e sei que sabia que eu não o queria para mim. Sorriu porque não sentiu ameaça alguma. É que os seres excepcionais em qualquer sentido estão sujeitos a mais perigos do que o comum das pessoas. Atravessei a rua e tomei um táxi. A brisa arrepiava-me os cabelos da nuca. E eu estava tão feliz que me encolhi no canto do táxi de medo porque a felicidade dói. E isto tudo causado pela visão do homem bonito. Eu continuava a não querê-lo para mim – gosto é das pessoas um pouco feias e ao mesmo tempo harmoniosas, mas ele de certo modo dera-me muito com o sorriso de camaradagem entre pessoas que se entendem. Tudo isso eu não entendia.

A coragem de viver: deixo oculto o que precisa ser oculto e precisa irradiar-se em segredo.

Calo-me.

Porque não sei qual é o meu segredo. Conta-me o teu, ensina-me sobre o secreto de cada um de nós. Não é segredo difamante. É apenas esse isto: segredo.

E não tem fórmulas.

Penso que agora terei que pedir licença para morrer um pouco. Com licença – sim? Não demoro. Obrigada.

...... Não. Não consegui morrer. Termino aqui esta "coisa-palavra" por um ato voluntário? Ainda não.

Estou transfigurando a realidade – o que é que está me escapando? por que não estendo a mão e pego? É porque apenas sonhei com o mundo mas jamais o vi.

Isto que estou te escrevendo é em contralto. É negro-espiritual. Tem coro e velas acesas. Estou tendo agora uma vertigem. Tenho um pouco de medo. A que me levará minha liberdade? O que é isto que estou te escrevendo? Isso me deixa solitária. Mas vou e rezo e minha liberdade é regida pela Ordem – já estou sem medo. O que me guia apenas é um senso de descoberta. Atrás do atrás do pensamento.

Ir me seguindo é na verdade o que faço quando te escrevo e agora mesmo: sigo-me sem saber ao que me levará. Às vezes ir seguindo-me é tão difícil. Por estar seguindo o que ainda não passa de uma nebulosa. Às vezes termino desistindo.

Agora estou com medo. Porque vou te dizer uma coisa. Espero que passe o medo.

Passou. É o seguinte: a dissonância me é harmoniosa. A melodia por vezes me cansa. E também o chamado "leit-motif". Quero na música e no que te escrevo e no que pinto, quero traços geométricos que se cruzam no ar e formam uma desarmonia que eu entendo. É puro it. Meu ser se embebe todo e levemente se embriaga. Isto que estou te dizendo é muito importante. E eu trabalho quando durmo: porque é então que me movo no mistério.

Hoje é domingo de manhã. Neste domingo de sol e de Júpiter estou sozinha em casa. Dobrei-me de repente em dois e para a frente como em profunda dor de parto – e vi que a menina em mim morria. Nunca esquecerei este domingo sangrento. Para cicatrizar levará tempo. E eis-me aqui dura e silenciosa e heroica. Sem menina dentro de mim. Todas as vidas são vidas heroicas.

A criação me escapa. E nem quero saber tanto. Basta-me que meu coração bata no peito. Basta-me o impessoal vivo do it.

Sinto agora mesmo o coração batendo desordenadamente dentro do peito. É a reivindicação porque nas últimas frases andei pensando somente à tona de mim. Então o fundo da existência se manifesta para banhar e apagar os traços do pensamento. O mar apaga os traços das ondas na areia. Oh Deus, como estou sendo feliz. O que estraga a felicidade é o medo.

Fico com medo. Mas o coração bate. O amor inexplicável faz o coração bater mais depressa. A garantia única é que eu nasci. Tu és uma forma de ser eu, e eu uma forma de te ser: eis os limites de minha possibilidade.

Estou numa delícia de se morrer dela. Doce quebranto ao te falar. Mas há a espera. A espera é sentir-me voraz em relação ao futuro. Um dia disseste que me amavas. Finjo acreditar e vivo, de ontem para hoje, em amor alegre. Mas lembrar-se com saudade é como se despedir de novo.

Um mundo fantástico me rodeia e me é. Ouço o canto doido de um passarinho e esmago borboletas entre os dedos. Sou uma fruta roída por um verme. E espero a apocalipse orgásmica. Uma chusma dissonante de insetos me rodeia, luz de lamparina acesa que sou. Exorbito-me então para ser. Sou em transe. Penetro no ar circundante. Que febre: não consigo parar de viver. Nesta densa selva de palavras que envolvem espessamente o que sinto e penso e vivo e transforma tudo o que sou em alguma coisa minha que no entanto fica inteiramente fora de mim. Fico me assistindo pensar. O que me pergunto é: quem em mim é que está fora até de pensar? Escrevo-te tudo isto pois é um desafio que sou obrigada com humildade a aceitar. Sou assombrada pelos meus fantasmas, pelo que é mítico e fantástico – a vida é sobrenatural. E eu caminho em corda bamba até o limite de meu sonho. As vísceras torturadas pela voluptuosidade me guiam, fúria dos impulsos. Antes de me organizar, tenho que me desorganizar internamente. Para experimentar o primeiro e passageiro estado primário de liberdade. Da liberdade de errar, cair e levantar-me.

Mas se eu esperar compreender para aceitar as coisas – nunca o ato de entrega se fará. Tenho que dar o mergulho de uma só vez, mergulho que abrange a compreensão e sobretudo a incompreensão. E quem sou eu para ousar pensar? Devo é entregar-me. Como se faz? Sei porém que só andando é que se sabe andar e – milagre – se anda.

Eu, que fabrico o futuro como uma aranha diligente. E o melhor de mim é quando nada sei e fabrico não sei o quê.

Eis que de repente vejo que não sei nada. O gume de minha faca está ficando cego? Parece-me que o mais provável é que não entendo porque o que vejo agora é difícil: estou entrando sorrateiramente em contato com uma realidade nova para mim e que ainda não tem pensamentos correspondentes, e muito menos ainda alguma palavra que a signifique. É mais uma sensação atrás do pensamento.

Como te explicar? Vou tentar. É que estou percebendo uma realidade enviesada. Vista por um corte oblíquo. Só agora pressenti o oblíquo da vida. Antes só via através de cortes retos e paralelos. Não percebia o sonso traço enviesado. Agora adivinho que a vida é outra. Que viver não é só desenrolar sentimentos grossos – é algo mais sortilégico e mais grácil, sem por isso perder o seu fino vigor animal. Sobre essa vida insolitamente enviesada tenho posto minha pata que pesa, fazendo assim com que a existência feneça no que tem de oblíquo e fortuito e no entanto ao mesmo tempo sutilmente fatal. Compreendi a fatalidade do acaso e não existe nisso contradição.

A vida oblíqua é muito íntima. Não digo mais sobre essa intimidade para não ferir o pensar-sentir com palavras secas. Para deixar esse oblíquo na sua independência desenvolta.

E conheço também um modo de vida que é suave orgulho, graça de movimentos, frustração leve e contínua, de uma habilidade de esquivança que vem de longo caminho antigo. Como sinal de revolta apenas uma ironia sem peso e excêntrica. Tem um lado da vida que é como no inverno tomar café num terraço dentro da friagem e aconchegada na lã.

Conheço um modo de vida que é sombra leve desfraldada ao vento e balançando leve no chão: vida que é sombra flutuante, levitação e sonhos no dia aberto: vivo a riqueza da terra.

Sim. A vida é muito oriental. Só algumas pessoas escolhidas pela fatalidade do acaso provaram da liberdade esquiva e delicada da vida. É como saber arrumar flores num jarro: uma sabedoria quase inútil. Essa liberdade fugitiva de vida não deve ser jamais esquecida: deve estar presente como um eflúvio.

Viver essa vida é mais um lembrar-se indireto dela do que um viver direto. Parece uma convalescença macia de algo que no entanto poderia ter sido absolutamente terrível. Convalescença de um prazer frígido. Só para os iniciados a vida então se torna fragilmente verdadeira. E está-se no instante-já: come-se a fruta na sua vigência. Será que não sei mais do que estou falando e que tudo me escapou sem eu sentir? Sei sim – mas com muito cuidado porque senão por um triz não sei mais. Alimento-me delicadamente do cotidiano trivial e tomo café no terraço no limiar deste crepúsculo que parece doentio apenas porque é doce e sensível.

A vida oblíqua? Bem sei que há um desencontro leve entre as coisas, elas quase se chocam, há desencontro entre os seres que se perdem uns aos outros entre palavras que quase não dizem mais nada. Mas quase nos entendemos nesse leve desencontro, nesse quase que é a única forma de suportar a vida em cheio, pois um encontro brusco face a face com ela nos assustaria, espaventaria os seus delicados fios de teia de aranha. Nós somos de soslaio para não comprometer o que pressentimos de infinitamente outro nessa vida de que te falo.

E eu vivo de lado – lugar onde a luz central não me cresta. E falo bem baixo para que os ouvidos sejam obrigados a ficar atentos e a me ouvir.

Mas conheço também outra vida ainda. Conheço e quero-a e devoro-a truculentamente. É uma vida de violência mágica. É misteriosa e enfeitiçante. Nela as cobras se enlaçam enquanto as estrelas tremem. Gotas de água pingam na obscuridade fosforescente da gruta. Nesse escuro as flores se entrelaçam em jardim feérico e úmido. E eu sou a feiticeira dessa bacanal muda. Sinto-me derrotada pela minha própria corruptibilidade. E vejo que sou intrinsecamente má. É apenas por pura bondade que sou boa. Derrotada por mim mesma. Que me levo aos caminhos da salamandra, gênio que governa o fogo e nele vive. E dou-me como oferenda aos mortos. Faço encantações no solstício, espectro de dragão exorcizado.

Mas não sei como captar o que acontece já senão vivendo cada coisa que agora e já me ocorra e não importa o quê. Deixo o cavalo livre correr fogoso de pura alegria nobre. Eu, que corro nervosa e só a realidade me delimita. E quando o dia chega ao fim ouço os grilos e torno-me toda cheia e ininteligível. Depois a madrugada vem com seu bojo pleno de milhares de passarinhos barulhando. E cada coisa que me ocorra eu a vivo aqui anotando-a. Pois quero sentir nas minhas mãos perquiridoras o nervo vivo e fremente do hoje.

Atrás do pensamento atinjo um estado. Recuso-me a dividi-lo em palavras – e o que não posso e não quero exprimir fica sendo o mais secreto dos meus segredos. Sei que tenho medo de momentos nos quais não uso o pensamento e é um momentâneo estado difícil de ser alcançado, e que, todo secreto, não usa mais as palavras com que se produzem pensamentos. Não usar palavras é perder a identidade? é se perder nas essenciais trevas daninhas?

Perco a identidade do mundo em mim e existo sem garantias. Realizo o realizável mas o irrealizável eu vivo e o significado de mim e do mundo e de ti não é evidente. É fantástico, e lido comigo nesses momentos com imensa delicadeza. Deus é uma forma de ser? é a abstração que se materializa na natureza do que existe? Minhas raízes estão nas trevas divinas. Raízes sonolentas. Vacilando nas escuridões.

E eis que sinto que em breve nos separaremos. Minha verdade espantada é que eu sempre estive só de ti e não sabia. Agora sei: sou só. Eu e minha liberdade que não sei usar. Grande responsabilidade da solidão. Quem não é perdido não conhece a liberdade e não a ama. Quanto a mim, assumo a minha solidão. Que às vezes se extasia como diante de fogos de artifício. Sou só e tenho que viver uma certa glória íntima que na solidão pode se tornar dor. E a dor, silêncio. Guardo o seu nome em segredo. Preciso de segredos para viver.

Para cada um de nós – em algum momento perdido na vida – anuncia-se uma missão a cumprir? Recuso-me porém a qualquer missão. Não cumpro nada: apenas vivo.

É tão curioso e difícil substituir agora o pincel por essa coisa estranhamente familiar mas sempre remota, a palavra. A beleza extrema e íntima está nela. Mas é inalcançável – e quando está ao alcance eis que é ilusório porque de novo continua inalcançável. Evola-se de minha pintura e destas minhas palavras acotoveladas um silêncio que também é como o substrato dos olhos. Há uma coisa que me escapa o tempo todo. Quando não escapa, ganho uma certeza: a vida é outra. Tem um estilo subjacente.

Será que no instante de morrer forçarei a vida tentando viver mais do que posso? Mas eu sou hoje.

Escrevo-te em desordem, bem sei. Mas é como vivo. Eu só trabalho com achados e perdidos.

Mas escrever para mim é frustrador: ao escrever lido com o impossível. Com o enigma da natureza. E do Deus. Quem não sabe o que é Deus, nunca poderá saber. Do Deus é no passado que se o soube. É algo que já se sabe.

Eu não tenho enredo de vida? sou inopinadamente fragmentária. Sou aos poucos. Minha história é viver. E não tenho medo do fracasso. Que o fracasso me aniquile, quero a glória de cair. Meu anjo aleijado que se desajeita esquivo, meu anjo que caiu do céu para o inferno onde vive gozando o mal.

Isto não é história porque não conheço história assim, mas só sei ir dizendo e fazendo: é história de instantes que fogem como os trilhos fugitivos que se veem da janela do trem.

Hoje de tarde nos encontraremos. E não te falarei sequer nisso que escrevo e que contém o que sou e que te dou de presente sem que o leias. Nunca lerás o que escrevo. E quando eu tiver anotado o meu segredo de ser – jogarei fora como se fosse ao mar. Escrevo-te porque não chegas a aceitar o que sou. Quando destruir minhas anotações de instantes, voltarei para o meu nada de onde tirei um tudo? Tenho que pagar o preço. O preço de quem tem um passado que só se renova com paixão no estranho presente. Quando penso no que já vivi me parece que fui deixando meus corpos pelos caminhos.

São quase cinco horas da madrugada. E a luz da aurora em desmaio, frio aço azulado e com travo e cica do dia nascente das trevas. E que emerge à tona do tempo, lívida eu também, eu nascendo das escuridões, impessoal, eu que sou it.

Vou te dizer uma coisa: não sei pintar nem melhor nem pior do que faço. Eu pinto um "isto". E escrevo um "isto" – é tudo o que posso. Inquieta. Os litros de sangue que circulam nas veias. Os músculos se contraindo e retraindo. A aura do corpo em plenilúnio. Parambólica – o que quer que queira dizer essa palavra. Parambólica que sou. Não me posso resumir porque não se pode somar uma cadeira e duas maçãs. Eu sou uma cadeira e duas maçãs. E não me somo.

De novo estou de amor alegre. O que és eu respiro depressa sorvendo o teu halo de maravilha antes que se finde no evaporado do ar. Minha fresca vontade de viver-me e de viver-te é a tessitura mesma da vida? A natureza dos seres e das coisas – é Deus? Talvez então se eu pedir muito à natureza, eu paro de morrer? Posso violentar a morte e abrir-lhe uma fresta para a vida?

Corto a dor do que te escrevo e dou-te a minha inquieta alegria.

E neste instante-já vejo estátuas brancas espraiadas na perspectiva das distâncias longas ao longe – cada vez mais longe no deserto onde me perco com olhar vazio, eu mesma estátua a ser vista de longe, eu que estou sempre me perdendo. Estou fruindo o que existe. Calada, aérea, no meu grande sonho. Como nada entendo – então adiro à vacilante realidade móvel. O real eu atinjo através do sonho. Eu te invento, realidade. E te ouço como remotos sinos surdamente submersos na água badalando trêmulos. Estou no âmago da morte? E para isso estou viva? O âmago sensível. E vibra-me esse it. Estou viva. Como uma ferida, flor na carne, está em mim aberto o caminho do doloroso sangue. Com o direto e por isso mesmo inocente erotismo dos índios da Lagoa Santa. Eu, exposta às intempéries, eu, inscrição aberta no dorso de uma pedra, dentro dos largos espaços cronológicos legados pelo homem da pré-história. Sopra o vento quente das grandes extensões milenares e cresta a minha superfície.

Hoje usei o ocre vermelho, ocre amarelo, o preto, e um pouco de branco. Sinto que estou nas proximidades de fontes, lagoas e cachoeiras, todas de águas abundantes e frescas para a minha sede. E eu, selvagem enfim e enfim livre dos secos dias de hoje: troto para a frente e para trás sem fronteiras. Presto cultos solares nas encostas de montanhas altas. Mas sou tabu para mim mesma, intocável porque proibida. Sou herói que leva consigo a tocha de fogo numa corrida para sempre?

Ah Força do que Existe, ajudai-me, vós que chamam de o Deus. Por que é que o horrível terrível me chama? que quero com o horror meu? porque meu demônio é assassino e não teme o castigo: mas o crime é mais importante que o castigo. Eu me vivifico toda no meu instinto feliz de destruição.

Tente entender o que pinto e o que escrevo agora. Vou explicar: na pintura como na escritura procuro ver estritamente no momento em que vejo – e não ver através da memória de ter visto num instante passado. O instante é este. O instante é de uma iminência que me tira o fôlego. O instante é em si mesmo iminente. Ao mesmo tempo que eu o vivo, lanço-me na sua passagem para outro instante.

Foi assim que vi o portal de igreja que pintei. Você discutiu o excesso de simetria. Deixa eu te explicar: a simetria foi a coisa mais conseguida que fiz. Perdi o medo da simetria, depois da desordem da inspiração. É preciso experiência ou coragem para revalorizar a simetria, quando facilmente se pode imitar o falso assimétrico, uma das originalidades mais comuns. Minha simetria nos portais da igreja é concentrada, conseguida, mas não dogmática. É perpassada pela esperança de que duas assimetrias encontrar-se-ão na simetria. Esta como solução terceira: a síntese. Daí talvez o ar despojado dos portais, a delicadeza de coisa vivida e depois revivida, e não um certo arrojo inconsequente dos que não sabem. Não, não é propriamente tranquilidade o que está ali. Há uma dura luta pela coisa que apesar de corroída se mantém de pé. E nas cores mais densas há uma lividez daquilo que mesmo torto está de pé. Minhas cruzes são entortadas por séculos de mortificação. Os portais já são um prenúncio de altares? O silêncio dos portais. O esverdeamento deles toma um tom do que estivesse entre vida e morte, uma intensidade de crepúsculo.

E nas cores quietas há bronze velho e aço – e tudo ampliado por um silêncio de coisas perdidas e encontradas no chão da íngreme estrada. Sinto uma longa estrada e poeira até chegar ao pouso do quadro. Mesmo que os portais não se abram. Ou já é igreja o portal da igreja, e diante dele já se chegou?

Luto para não transpor o portal. São muros de um Cristo que está ausente, mas os muros estão ali e são tocáveis: pois as mãos também olham.

Crio o material antes de pintá-lo, e a madeira torna-se tão imprescindível para minha pintura como o seria para um escultor. E o material criado é religioso: tem o peso de vigas de convento. Compacto, fechado como uma porta fechada. Mas no portal foram esfoladas aberturas, rasgadas por unhas. E é através dessas brechas que se vê o que está dentro de uma síntese, dentro da simetria utópica. Cor coagulada, violência, martírio, são as vigas que sustentam o silêncio de uma simetria religiosa.

Mas agora estou interessada pelo mistério do espelho. Procuro um meio de pintá-lo ou falar dele com a palavra. Mas o que é um espelho? Não existe a palavra espelho, só existem espelhos, pois um único é uma infinidade de espelhos. Em algum lugar do mundo deve haver uma mina de espelhos? Espelho não é coisa criada e sim nascida. Não são precisos muitos para se ter a mina faiscante e sonambúlica: bastam dois, e um reflete o reflexo do que o outro refletiu, num tremor que se transmite em mensagem telegráfica intensa e muda, insistente, liquidez em que se pode mergulhar a mão fascinada e retirá-la escorrendo de reflexos dessa dura água que é o espelho. Como a bola de cristal dos videntes, ele me arrasta para o vazio que para o vidente é o seu campo de meditação, e em mim o campo de silêncios e silêncios. E mal posso falar, de tanto silêncio desdobrado em outros.

Espelho? Esse vazio cristalizado que tem dentro de si espaço para se ir para sempre em frente sem parar: pois espelho é o espaço mais fundo que existe. E é coisa mágica: quem tem um pedaço quebrado já poderia ir com ele meditar no deserto. Ver-se a si mesmo é extraordinário. Como um gato de dorso arrepiado, arrepio-me diante de mim. Do deserto também voltaria vazia, iluminada e translúcida, e com o mesmo silêncio vibrante de um espelho.

A sua forma não importa: nenhuma forma consegue circunscrevê-lo e alterá-lo. Espelho é luz. Um pedaço mínimo de espelho é sempre o espelho todo.

Tire-se a sua moldura ou a linha de seu recortado, e ele cresce assim como água se derrama.

O que é um espelho? É o único material inventado que é natural. Quem olha um espelho, quem consegue vê-lo vem se ver, quem entende que a sua profundidade consiste em ele ser vazio, quem caminha para dentro de seu espaço transparente sem deixar nele o vestígio da própria imagem – esse alguém então percebeu o seu mistério de coisa. Para isso há de se surpreendê-lo quando está sozinho, quando pendurado num quarto vazio, sem esquecer que a mais tênue agulha diante dele poderia transformá-lo em simples imagem de uma agulha, tão sensível é o espelho na sua qualidade de reflexão levíssima, só imagem e não o corpo. Corpo da coisa.

Ao pintá-lo precisei de minha própria delicadeza para não atravessá-lo com minha imagem, pois espelho em que eu me veja já sou eu, só espelho vazio é que é o espelho vivo. Só uma pessoa muito delicada pode entrar no quarto vazio onde há um espelho vazio, e com tal leveza, com tal ausência de si mesma, que a imagem não marca. Como prêmio, essa pessoa delicada terá então penetrado num dos segredos invioláveis das coisas: viu o espelho propriamente dito.

E descobriu os enormes espaços gelados que ele tem em si, apenas interrompidos por um ou outro bloco de gelo. Espelho é frio e gelo. Mas há a sucessão de escuridões dentro dele – perceber isto é instante muito raro – e é preciso ficar à espreita dias e noites, em jejum de si mesmo, para poder captar e surpreender a sucessão de escuridões que há dentro dele. Com cores de preto e branco recapturei na tela sua luminosidade trêmula. Com o mesmo preto e branco recapturo também, num arrepio de frio, uma de suas verdades mais difíceis: o seu gélido silêncio sem cor. É preciso entender a violenta ausência de cor de um espelho para poder recriá-lo, assim como se recriasse a violenta ausência de gosto da água.

Não, eu não descrevi o espelho – eu fui ele. E as palavras são elas mesmas, sem tom de discurso.

Tenho que interromper para dizer que "X" é o que existe dentro de mim. "X" – eu me banho nesse isto. É impronunciável. Tudo que não sei está em "X". A morte? a morte é "X". Mas muita vida também pois a vida é impronunciável. "X" que estremece em mim e tenho medo de seu diapasão: vibra como uma corda de violoncelo, corda tensa que quando é tangida emite eletricidade pura, sem melodia. O instante impronunciável. Uma sensibilidade outra é que se apercebe de "X".

Espero que você viva "X" para experimentar a espécie de sono criador que se espreguiça através das veias. "X" não é bom nem ruim. Sempre independe. Mas só acontece para o que tem corpo. Embora imaterial, precisa do corpo nosso e do corpo da coisa. Há objetos que são esse mistério total do "X". Como o que vibra mudo. Os instantes são estilhaços de "X" espocando sem parar. O excesso de mim chega a doer e quando estou excessiva tenho que dar de mim como o leite que se não fluir rebenta o seio. Livro-me da pressão e volto ao tamanho natural. A elasticidade exata. Elasticidade de uma pantera macia.

Uma pantera negra enjaulada. Uma vez olhei bem nos olhos de uma pantera e ela me olhou bem nos meus olhos. Transmutamo-nos. Aquele medo. Saí de lá toda ofuscada por dentro, o "X" inquieto. Tudo se passara atrás do pensamento. Estou com saudade daquele terror que me deu trocar de olhar com a pantera negra. Sei fazer terror.

"X" é o sopro do it? é a sua irradiante respiração fria? "X" é palavra? A palavra apenas se refere a uma coisa e esta é sempre inalcançável por mim. Cada um de nós é um símbolo que lida com símbolos – tudo ponto de apenas referência ao real. Procuramos desesperadamente encontrar uma identidade própria e a identidade do real. E se nos entendemos através do símbolo é porque temos os mesmos símbolos e a mesma experiência da coisa em si: mas a realidade não tem sinônimos.

Estou te falando em abstrato e pergunto-me: sou uma aria cantabile? Não, não se pode cantar o que te escrevo. Por que não abordo um tema que facilmente poderia descobrir? mas não: caminho encostada à parede, escamoteio a melodia descoberta, ando na sombra, nesse lugar onde tantas coisas acontecem. Às vezes escorro pelo muro, em lugar onde nunca bate sol. Meu amadurecimento de um tema já seria uma aria cantabile – outra pessoa que faça então outra música – a música do amadurecimento do meu quarteto. Este é antes do amadurecimento. A melodia seria o fato. Mas que fato tem uma noite que se passa inteira num atalho onde não tem ninguém e enquanto dormimos sem saber de nada? Onde está o fato? Minha história é de uma escuridão tranquila, de raiz adormecida na sua força, de odor que não tem perfume. E em nada disso existe o abstrato. É o figurativo do inominável. Quase não existe carne nesse meu quarteto. Pena que a palavra "nervos" esteja ligada a vibrações dolorosas, senão seria um quarteto de nervos. Cordas escuras que, tocadas, não falam sobre "outras coisas", não mudam de assunto – são em si e de si, entregam-se iguais como são, sem mentira nem fantasia.

Sei que depois de me leres é difícil reproduzir de ouvido a minha música, não é possível cantá-la sem tê-la decorado. E como decorar uma coisa que não tem história?

Mas te lembrarás de alguma coisa que também esta aconteceu na sombra. Terás compartilhado dessa primeira existência muda, terás como em tranquilo sonho de noite tranquila, escorrido com a resina pelo tronco de árvore. Depois dirás: nada sonhei. Será que basta? Basta sim. E sobretudo há nessa existência primeira uma falta de erro, e um tom de emoção de quem poderia mentir mas não mente. Basta? Basta sim.

Mas eu também quero pintar um tema, quero criar um objeto. E esse objeto será – um guarda-roupa, pois que há de mais concreto? Tenho que estudar o guarda-roupa antes de pintá-lo. Que vejo? Vejo que o guarda--roupa parece penetrável porque tem uma porta. Mas ao abri-la, vê-se que se adiou o penetrar: pois por dentro é também uma superfície de madeira, com uma porta fechada. Função do guarda-roupa: conservar no escuro os travestis. Natureza: a da inviolabilidade das coisas. Relação com pessoas: a gente se olha ao espelho da parte de dentro de sua porta, a gente se olha sempre em luz inconveniente porque o guarda-roupa nunca está em lugar adequado: desajeitado, fica de pé onde couber, sempre descomunal, corcunda, tímido e desastrado, sem saber como ser mais discreto, pois tem presença demais. Guarda-roupa é enorme, intruso, triste, bondoso.

Mas eis que se abre a porta-espelho – e eis que, ao movimento que a porta faz, e na nova composição do quarto em sombra, nessa composição entram frascos e frascos de vidro de claridade fugitiva.

Aí posso pintar a essência de um guarda-roupa. A essência que nunca é cantabile. Mas quero ter a liberdade de dizer coisas sem nexo como profunda forma de te atingir. Só o errado me atrai, e amo o pecado, a flor do pecado.

Mas como fazer se não te enterneces com meus defeitos, enquanto eu amei os teus. Minha candidez foi por ti pisada. Não me amaste, disto só eu sei. Estive só. Só de ti. Escrevo para ninguém e está-se fazendo um improviso que não existe. Descolei-me de mim.

E quero a desarticulação, só assim sou eu no mundo. Só assim me sinto bem.

Sinta-se bem. Eu na minha solidão quase vou explodir. Morrer deve ser uma muda explosão interna. O corpo não aguenta mais ser corpo. E se morrer tiver o gosto de comida quando se está com muita fome? E se morrer for um prazer, egoísta prazer?

Ontem eu estava tomando café e ouvi a empregada na área de serviço a pendurar roupa na corda e a cantar uma melodia sem palavras. Espécie de cantilena extremamente plangente. Perguntei-lhe de quem era a canção, e ela respondeu: é bobagem minha mesmo, não é de ninguém.

Sim, o que te escrevo não é de ninguém. E essa liberdade de ninguém é muito perigosa. É como o infinito que tem cor de ar.

Isto tudo que estou escrevendo é tão quente como um ovo quente que a gente passa depressa de uma mão para a outra e de novo da outra para a primeira a fim de não se queimar – já pintei um ovo. E agora como na pintura só digo: ovo e basta.

Não, nunca fui moderna. E acontece o seguinte: quando estranho uma pintura é aí que é pintura. E quando estranho a palavra aí é que ela alcança o sentido. E quando estranho a vida aí é que começa a vida. Tomo conta para não me ultrapassar. Há nisto tudo aqui grande contenção. E então fico triste só para descansar. Chego a chorar manso de tristeza. Depois levanto e de novo recomeço. Só não te contaria agora uma história porque no caso seria prostituição. E não escrevo para te agradar. Principalmente a mim mesma. Tenho que seguir a linha pura e manter não contaminado o meu it.

Agora te escreverei tudo o que me vier à mente com o menor policiamento possível. É que me sinto atraída pelo desconhecido. Mas enquanto eu tiver a mim não estarei só. Vai começar: vou pegar o presente em cada frase que morre. Agora:

Ah se eu sei que era assim eu não nascia. Ah se eu sei eu não nascia. A loucura é vizinha da mais cruel sensatez. Isto é uma tempestade de cérebro e uma frase mal tem a ver com outra. Engulo a loucura que não é loucura – é outra coisa. Você me entende? Mas vou ter que parar porque estou tão e tão cansada que só morrer me tiraria deste cansaço. Vou embora.

Voltei. Agora tentarei me atualizar de novo com o que no momento me ocorre – e assim criarei a mim mesma. É assim:

O anel que tu me deste era de vidro e se quebrou e o amor acabou. Mas às vezes em seu lugar vem o belo ódio dos que se amaram e se entredevoraram. A cadeira que está aí em frente me é um objeto. Inútil enquanto eu a olho. Diga-me por favor que horas são para eu saber que estou vivendo nesta hora. Estou me encontrando comigo mesma: é mortal porque só a morte me conclui. Mas eu aguento até o fim. Vou lhe contar um segredo: a vida é mortal. Vou ter que interromper tudo para te dizer o seguinte: a morte é o impossível e o intangível. De tal forma a morte é apenas futura que há quem não a aguente e se suicide. É como se a vida dissesse o seguinte: e simplesmente não houvesse o seguinte. Só os dois pontos à espera. Nós mantemos este segredo em mutismo para esconder que cada instante é mortal. O objeto cadeira me interessa. Eu amo os objetos à medida que eles não me amam. Mas se não compreendo o que escrevo a culpa não é minha. Tenho que falar porque falar salva. Mas não tenho nenhuma palavra a dizer. O que é que na loucura da franqueza uma pessoa diria a si mesma? Mas seria a salvação. Embora o terror da franqueza venha da parte das trevas que me ligam ao mundo e à criadora inconsciência do mundo. Hoje é noite de muita estrela no céu. Parou de chover. Eu estou cega. Abro bem os olhos e apenas vejo. Mas o segredo – este não vejo nem sinto. Estarei fazendo aqui verdadeira orgia de detrás do pensamento? orgia de palavras? A eletrola está quebrada. Olho a cadeira e desta vez foi como se ela também tivesse olhado e visto. O futuro é meu – enquanto eu viver. Vejo as flores na jarra. São flores do campo e que nasceram sem se plantar. São amarelas. Mas minha cozinheira disse: que flores feias. Só porque é difícil amar o que é franciscano. No atrás do meu pensamento está a verdade que é a do mundo. A ilogicidade da natureza. Que silêncio. "Deus" é de um tal enorme silêncio que me aterroriza. Quem terá inventado a cadeira? É preciso coragem para escrever o que me vem: nunca se sabe o que pode vir e assustar. O monstro sagrado morreu. Em seu lugar nasceu uma menina que era órfã de mãe. Bem sei que terei que parar. Não por falta de palavras mas porque estas coisas e sobretudo as que só penso e não escrevi – não se dizem. Vou falar do que se chama a experiência. É a experiência de pedir socorro e o socorro ser dado. Talvez valha a pena ter nascido para que um dia mudamente se implore e mudamente se receba. Eu pedi socorro e não me foi negado.

Senti-me então como se eu fosse um tigre com flecha mortal cravada na carne e que estivesse rondando devagar as pessoas medrosas para descobrir quem teria coragem de aproximar-se e tirar-lhe a dor. E então há a pessoa que sabe que tigre ferido é apenas tão perigoso como criança. E aproximando-se da fera, sem medo de tocá-la, arranca a flecha fincada.

E o tigre? Não se pode agradecer. Então eu dou umas voltas vagarosas em frente à pessoa e hesito. Lambo uma das patas e depois, como não é a palavra que tem então importância, afasto-me silenciosamente.

O que sou neste instante? Sou uma máquina de escrever fazendo ecoar as teclas secas na úmida e escura madrugada. Há muito já não sou gente. Quiseram que eu fosse um objeto. Sou um objeto. Objeto sujo de sangue. Sou um objeto que cria outros objetos e a máquina cria a nós todos. Ela exige. O mecanicismo exige e exige a minha vida. Mas eu não obedeço totalmente: se tenho que ser um objeto, que seja um objeto que grita. Há uma coisa dentro de mim que dói. Ah como dói e como grita pedindo socorro. Mas faltam lágrimas na máquina que sou. Sou um objeto sem destino. Sou um objeto nas mãos de quem? tal é o meu destino humano. O que me salva é grito. Eu protesto em nome do que está dentro do objeto atrás do atrás do pensamento-sentimento. Sou um objeto urgente.

Agora – silêncio e leve espanto.

Porque às cinco da madrugada de hoje, 25 de julho, caí em estado de graça.

Foi uma sensação súbita, mas suavíssima. A luminosidade sorria no ar: exatamente isto. Era um suspiro do mundo. Não sei explicar assim como não se sabe contar sobre a aurora a um cego. É indizível o que me aconteceu em forma de sentir: preciso depressa de tua empatia. Sinta comigo. Era uma felicidade suprema.

Mas se você já conheceu o estado de graça reconhecerá o que vou dizer. Não me refiro à inspiração, que é uma graça especial que tantas vezes acontece aos que lidam com arte.

O estado de graça de que falo não é usado para nada. É como se viesse apenas para que se soubesse que realmente se existe e existe o mundo. Nesse estado, além da tranquila felicidade que se irradia de pessoas e coisas, há uma lucidez que só chamo de leve porque na graça tudo é tão leve. É uma lucidez de quem não precisa mais adivinhar: sem esforço, sabe. Apenas isto: sabe. Não me pergunte o quê, porque só posso responder do mesmo modo: sabe-se.

E há uma bem-aventurança física que a nada se compara. O corpo se transforma num dom. E se sente que é um dom porque se está experimentando, em fonte direta, a dádiva de repente indubitável de existir milagrosamente e materialmente.

Tudo ganha uma espécie de nimbo que não é imaginário: vem do esplendor da irradiação matemática das coisas e da lembrança de pessoas. Passa-se a sentir que tudo o que existe respira e exala um finíssimo resplendor de energia. A verdade do mundo, porém, é impalpável.

Não é nem de longe o que mal imagino deve ser o estado de graça dos santos. Este estado jamais conheci e nem sequer consigo adivinhá-lo. É apenas a graça de uma pessoa comum que a torna de súbito real porque é comum e humana e reconhecível.

As descobertas nesse sentido são indizíveis e incomunicáveis. E impensáveis. É por isso que na graça eu me mantive sentada, quieta, silenciosa. É como numa anunciação. Não sendo porém precedida por anjos. Mas é como se o anjo da vida viesse me anunciar o mundo.

Depois lentamente saí. Não como se estivesse estado em transe – não há nenhum transe – sai-se devagar, com um suspiro de quem teve tudo como o tudo é. Também já é um suspiro de saudade. Pois tendo experimentado ganhar um corpo e uma alma, quer-se mais e mais. Inútil querer: só vem quando quer e espontaneamente.

Essa felicidade eu quis tornar eterna por intermédio da objetivação da palavra. Fui logo depois procurar no dicionário a palavra beatitude que detesto como palavra e vi que quer dizer gozo da alma. Fala em felicidade tranquila – eu chamaria porém de transporte ou de levitação. Também não gosto da continuação no dicionário que diz: "de quem se absorve em contemplação mística". Não é verdade: eu não estava de modo algum em meditação, não houve em mim nenhuma religiosidade. Tinha acabado de tomar café e estava simplesmente vivendo ali sentada com um cigarro queimando-se no cinzeiro.

Vi quando começou e me tomou. E vi quando foi se desvanecendo e terminou. Não estou mentindo. Não tinha tomado nenhuma droga e não foi alucinação. Eu sabia quem era eu e quem eram os outros.

Mas agora quero ver se consigo prender o que me aconteceu usando palavras. Ao usá-las estarei destruindo um pouco o que senti – mas é fatal. Vou chamar o que se segue de "À margem da beatitude". Começa assim, bem devagar:

Quando se vê, o ato de ver não tem forma – o que se vê às vezes tem forma, às vezes não. O ato de ver é inefável. E às vezes o que é visto também é inefável. E é assim certa espécie de pensar-sentir que chamarei de "liberdade", só para lhe dar um nome. Liberdade mesmo – enquanto ato de percepção – não tem forma. E como o verdadeiro pensamento se pensa a si mesmo, essa espécie de pensamento atinge seu objetivo no próprio ato de pensar. Não quero dizer com isso que é vagamente ou gratuitamente. Acontece que o pensamento primário – enquanto ato de pensamento – já tem forma e é mais facilmente transmissível a si mesmo, ou melhor, à própria pessoa que o está pensando; e tem por isso – por ter forma – um alcance limitado. Enquanto o pensamento dito "liberdade" é livre como ato de pensamento. É livre a um ponto que ao próprio pensador esse pensamento parece sem autor.

O verdadeiro pensamento parece sem autor.

E a beatitude tem essa mesma marca. A beatitude começa no momento em que o ato de pensar liberou-se da necessidade de forma. A beatitude começa no momento em que o pensar-sentir ultrapassou a necessidade de pensar do autor – este não precisa mais pensar e encontra-se agora perto da grandeza do nada. Poderia dizer do "tudo". Mas "tudo" é quantidade, e quantidade tem limite no seu próprio começo. A verdadeira incomensurabilidade é o nada, que não tem barreiras e é onde uma pessoa pode espraiar seu pensar-sentir.

Essa beatitude não é em si leiga ou religiosa. E tudo isso não implica necessariamente no problema da existência ou não existência de um Deus. Estou falando é que o pensamento do homem e o modo como esse pensar-sentir pode chegar a um grau extremo de incomunicabilidade – que, sem sofisma ou paradoxo, é ao mesmo tempo, para esse homem, o ponto de comunicabilidade maior. Ele se comunica com ele mesmo.

Dormir nos aproxima muito desse pensamento vazio e no entanto pleno. Não estou falando do sonho que, no caso, seria um pensamento primário. Estou falando em dormir. Dormir é abstrair-se e espraiar-se no nada.

Quero também te dizer que depois da liberdade do estado de graça também acontece a liberdade da imaginação. Agora mesmo estou livre.

E acima da liberdade, acima de certo vazio crio ondas musicais calmíssimas e repetidas. A loucura do invento livre. Quer ver comigo? Paisagem onde se passa essa música? ar, talos verdes, o mar estendido, silêncio de domingo de manhã. Um homem fino de um pé só tem um grande olho transparente no meio da testa. Um ente feminino se aproxima engatinhando, diz com voz que parece vir de outro espaço, voz que soa não como a primeira voz mas em eco de uma voz primeira que não se ouviu. A voz é canhestra, eufórica e diz por força do hábito de vida anterior: quer tomar chá? E não espera resposta. Pega uma espiga delgada de trigo de ouro, e a põe entre as gengivas sem dentes e se afasta de gatinhas com os olhos abertos. Olhos imóveis como o nariz. É preciso mover toda a cabeça sem ossos para fitar um objeto. Mas que objeto? O homem fino enquanto isso adormeceu sobre o pé e adormeceu o olho sem no entanto fechá-lo. Adormecer o olho trata-se de não querer ver. Quando não vê, ele dorme. No olho silente se reflete a planície em arco-íris. O ar é de maravilha. As ondas musicais recomeçam. Alguém olha as unhas. Há um som que de longe faz: psiu! psiu!... Mas o homem-do-pé-só nunca poderia imaginar que o estão chamando. Inicia-se um som de lado, como a flauta que sempre parece tocar de lado – inicia-se um som de lado que atravessa as ondas musicais sem tremor, e se repete tanto que termina por cavar com sua gota ininterrupta a rocha. É um som elevadíssimo e sem frisos. Um lamento alegre e pausado e agudo como o agudo não estridente e doce de uma flauta. É a nota mais alta e feliz que uma vibração poderia dar. Nenhum homem da terra poderia ouvi-lo sem enlouquecer e começar a sorrir para sempre. Mas o homem de pé sobre o único pé – dorme reto. E o ser feminino estendido na praia não pensa. Um novo personagem atravessa a planície deserta e desaparece mancando. Ouve-se: psiu; psiu! E chama-se ninguém.

Acabou-se agora a cena que minha liberdade criou.

Estou triste. Um mal-estar que vem do êxtase não caber na vida dos dias. Ao êxtase devia se seguir o dormir para atenuar a sua vibração de cristal ecoante. O êxtase tem que ser esquecido.

Os dias. Fiquei triste por causa desta luz diurna de aço em que vivo. Respiro o odor de aço no mundo dos objetos.

Mas agora tenho vontade de dizer coisas que me confortam e que são um pouco livres. Por exemplo: quinta-feira é um dia transparente como asa de inseto na luz. Assim como segunda-feira é um dia compacto. No fundo, bem atrás do pensamento, eu vivo dessas ideias, se é que são ideias. São sensações que se transformam em ideias porque tenho que usar palavras. Usá-las mesmo mentalmente apenas. O pensamento primário pensa com palavras. O "liberdade" liberta-se da escravidão da palavra.

E Deus é uma criação monstruosa. Eu tenho medo de Deus porque ele é total demais para o meu tamanho. E também tenho uma espécie de pudor em relação a Ele: há coisas minhas que nem Ele sabe. Medo? Conheço um ela que se apavora com borboletas como se estas fossem sobrenaturais. E a parte divina das borboletas é mesmo de dar terror. E conheço um ele que se arrepia todo de horror diante de flores – acha que as flores são assombradamente delicadas como um suspiro de ninguém no escuro.

Eu é que estou escutando o assobio no escuro. Eu que sou doente da condição humana. Eu me revolto: não quero mais ser gente. Quem? quem tem misericórdia de nós que sabemos sobre a vida e a morte quando um animal que eu profundamente invejo – é inconsciente de sua condição? Quem tem piedade de nós? Somos uns abandonados? uns entregues ao desespero? Não, tem que haver um consolo possível. Juro: tem que haver. Eu não tenho é coragem de dizer a verdade que nós sabemos. Há palavras proibidas.

Mas eu denuncio. Denuncio nossa fraqueza, denuncio o horror alucinante de morrer – e respondo a toda essa infâmia com – exatamente isto que vai agora ficar escrito – e respondo a toda essa infâmia com a alegria. Puríssima e levíssima alegria. A minha única salvação é a alegria. Uma alegria atonal dentro do it essencial. Não faz sentido? Pois tem que fazer. Porque é cruel demais saber que a vida é única e que não temos como garantia senão a fé em trevas – porque é cruel demais, então respondo com a pureza de uma alegria indomável. Recuso-me a ficar triste. Sejamos alegres. Quem não tiver medo de ficar alegre e experimentar uma só vez sequer a alegria doida e profunda terá o melhor de nossa verdade. Eu estou – apesar de tudo oh apesar de tudo – estou sendo alegre neste instante-já que passa se eu não fixá-lo com palavras. Estou sendo alegre neste mesmo instante porque me recuso a ser vencida: então eu amo. Como resposta. Amor impessoal, amor it, é alegria: mesmo o amor que não dá certo, mesmo o amor que termina. E a minha própria morte e a dos que amamos tem que ser alegre, não sei ainda como, mas tem que ser.

Viver é isto: a alegria do it. E conformar-me não como vencida mas num allegro com brio.

Aliás não quero morrer. Recuso-me contra "Deus". Vamos não morrer como desafio?

Não vou morrer, ouviu, Deus? Não tenho coragem, ouviu? Não me mate, ouviu? Porque é uma infâmia nascer para morrer não se sabe quando nem onde. Vou ficar muito alegre, ouviu? Como resposta, como insulto. Uma coisa eu garanto: nós não somos culpados. E preciso entender enquanto estou viva, ouviu? porque depois será tarde demais.

Ah este flash de instantes nunca termina. Meu canto do it nunca termina? Vou acabá-lo deliberadamente por um ato voluntário. Mas ele continua em improviso constante, criando sempre e sempre o presente que é futuro.

Este improviso é.

Quer ver como continua? Esta noite – é difícil te explicar – esta noite sonhei que estava sonhando. Será que depois da morte é assim? o sonho de um sonho de um sonho de um sonho?

Sou herege. Não, não é verdade. Ou sou? Mas algo existe.

Ah viver é tão desconfortável. Tudo aperta: o corpo exige, o espírito não para, viver parece ter sono e não poder dormir – viver é incômodo. Não se pode andar nu nem de corpo nem de espírito.

Eu não te disse que viver é apertado? Pois fui dormir e sonhei que te escrevia um largo majestoso e era mais verdade ainda do que te escrevo: era sem medo. Esqueci-me do que no sonho escrevi, tudo voltou para o nada, voltou para a Força do que Existe e que se chama às vezes Deus.

Tudo acaba mas o que te escrevo continua. O que é bom, muito bom. O melhor ainda não foi escrito. O melhor está nas entrelinhas.

Hoje é sábado e é feito do mais puro ar, apenas ar. Falo-te como exercício profundo, e pinto como exercício profundo de mim. O que quero agora escrever? Quero alguma coisa tranquila e sem modas. Alguma coisa como a lembrança de um monumento alto que parece mais alto porque é lembrança. Mas quero de passagem ter realmente tocado no monumento. Vou parar porque é sábado.

Continua sábado.

Aquilo que ainda vai ser depois – é agora. Agora é o domínio de agora. E enquanto dura a improvisação eu nasço.

E eis que depois de uma tarde de "quem sou eu" e de acordar à uma hora da madrugada ainda em desespero – eis que às três horas da madrugada acordei e me encontrei. Fui ao encontro de mim. Calma, alegre, plenitude sem fulminação. Simplesmente eu sou eu. E você é você. É vasto, vai durar.

O que te escrevo é um "isto". Não vai parar: continua.

Olha para mim e me ama. Não: tu olhas para ti e te amas. É o que está certo.

O que te escrevo continua e estou enfeitiçada.

Uma obra em progresso: Datiloscritos originais, com anotações de Clarice Lispector

(Agua Viva)

comece a ler pelas páginas soltas e emende a leitura na página 48

Clarice Lispector

OBJETO GRITANTE

~~Atrito com a vida~~
~~Uma pessoa falando~~
~~Atrito com a vida~~

clarice lispector

se você considerar isto aqui mais do que cartas, Este é um fique ciente que se anti-livro. trata de um anti-li-

Roteiro

— Rever (e recopiar o que for necessário trocando por 1974 ou 1975) até fim do ano, dezembro inclusive

— Copiar as páginas soltas de

— Ir cortando o que não ser

— ~~tttttt~~

— Esperar o enredo.

— Escrever sem pressa

— Abolir a crítica que seca tudo.

Clarice Lispector

ou atrás do que fica atrás do pensamento. ~~Gênero não me pega~~
gênero.

Inútil querer me classificar: eu simplesmente escapulo não
a realidade única para mim só pode ser minha. Como a tua é ú
Quem me acompanha que me acompanhe: a caminhada é longa e é
é vivida. Porque agora é a sério: não estou brincando. Estou
que grita e pulula e é sutil como uma realidade invisível. É de
êsse contato com o invisível. O invisível da realidade. Estou
o. Mas que mal tem isto? eu improviso como no jazz improvisam
estou tentando escrever o indizível da música. A música d
e há certa angústia no querer dizer e na verdade ~~nada~~ não falar
perco na música como me perco na realidade objetivada. É d
a tal êsse contato com o invisível. Eu deixo você ser. Deixe-m
Mas eternamente é uma palavra muito dura: tem um t granítico no
emos sempre com a morte e nossa eternidade é cortada pelo meio.
pròpriamente eternidade. Tudo o que é nunca começou. Minha
cabeça estala ao pensar em algo que não começa e não termina.
este pensamento-sentimento dura pouco pois se permanecesse leva
io. Mas a cabeça também estala ao imaginar que alguma coisa tiv
do — pois de onde e onde começaria? E que terminasse — mas o
depois de terminar?
Ah bem sei o que quero aqui: quero o dissonante e o inconclus
ofunda desordem orgânica que no entanto tem uma ordem sub-jacente.
são tão feitas exatamente na hora em que estiverem sendo lidas
de ainda tão novas. elas são o "já" uma experiência de escrever qua
máquina e com a liberdade de falta de construção.

~~infantilmente: "eu posso tudo". Mas era a antevisão de poder me largar.~~
~~tica. Sabe o que é um ser penetrar no outro? Não é erotismo — é o âmago~~
~~mistério. A profunda alegria misteriosa: o êxtase~~

Abro parênteses para dizer que às vezes tenho a estranha impr
de que muitos de nós não pertencem ao gênero humano. Fecha parênteses.

É incrível como faltam palavras. Mas recuso-me a inventar novas:
que existem já ~~poderiam~~ deveriam dizer tudo. Se houver fôrça. Atrás do pensamen
tem palavras. É-se. É nêsse terreno do "é-se" que sou puro êxtase. É-se
Tu és.
Mas há também o mistério do ~~neutro~~. Que em inglês é "it". O neu
é vivo e mole e tem o pensamento que uma ostra tem. Será que a ostra qua
arrancada de sua raiz sente ansiedade? Fica inquieta. ~~Comi ostras em Pa~~
~~nas ruas de Paris.~~ Eu Pingava limão em cima dela da ostra e a via — com certo hor
muito fascínio — eu a via contorcer-se toda. E eu estava comendo o ne
vivo. ~~O neutro vivo é Deus.~~ Ele interliga as coisas outras

Vou parar um pouco porque sei que Deus é o mundo. É o que existe.
é perigoso aproximar-se do que existe. A prece profunda é uma meditação
sôbre o nada. É o contato consigo mesmo. Com o ilimitado de si-mesmo. Nó
somos Deus. Sem orgulho e sem humildade. É-se. Não gosto é quando ping
limão nas minhas profundezas e fazem com que eu me contorça toda. Os fat
da vida são o limão na ostra. Será que a ostra dorme?

Qual é o elemento primeiro da vida?

Quase imediatamente teve que ser dois para haver fertilidade e o
creto movimento íntimo do qual jorra leite.

Disseram-me que a gata come a própria placenta e durante uns quatr
dias não come mais nada. Só depois é que ~~toma~~ toma leite. Deixem-me fala
puramente em amamentar. Fala-se em "subida do leite". Subida de onde? E
adiantaria explicar porque a explicação exige uma outra explicação que e
uma outra explicação e sempre se abrirá de novo para o mistério. Só não

fez o grande Deus do existente e do inexistente Deus é. E no começo de tudo — não havia começo, tudo era sempre Deus é a forma de ser. Deus é a única maneira de ser. Nada existe fora de Deus

que pelo todo o
mínimo selvática
de cuños temunhos
grandes

O impulso erótico das entranhas se liga ao sistema das raízes retorcidas das árvores. É a força enraizada do desejo. Minha Terra. Truculências monstruosas, vísceras e quentes lavas de lama ardente.

en ras the don votes
marque et ses unes
pensements ruba
mentaux.

O outro "êle" leva uma vida completamente desordena[da]
usa relógio. Não usa carteira. ~~Ex covarde.~~ Mas está à pr[esença de]
Deus. E sem relógio é pontual. Escreveu para um "ela" num cartão que e[stava na me-]
sa de um night-club: "Comecei te amando com o meu desesp[êro e hoje]
te amo com a minha esperança." "Ela" leu e ficou calada. [Depois]
pegou de novo o cartão duro e escreveu: "Por Deus eu te de[sejo.]
~~Só~~ eu conheço profundamente êste "êle".

Como Deus não tem nome vou dar ~~dou~~ a Ele o nome de Simptar.
e a língua nenhuma. Eu me dou o nome de Amptala. Que eu [sei não e-]
xiste tal nome. Talvez em língua anterior ao sânsc[rito]
O tique-taque do relógio: apresso-me então
Os "êles". Assim tenho dois "êles" dentro de mim. Mas [com êste]
[um] é com êste um eu ~~sou um.~~ Acho que não vou morrer no insta[nte]
porque o médico que me examinou detidamente disse que e[u tinha]
~~perfeita~~ perfeita saúde. Está vendo? O instante passou e eu não morr[i. Não quero que]
me enterrem diretamente na terra embora dentro do cai[xão. Que-]
[r]o ser engavetada na parede como no cemitério São João B[atista]
[qu]e não tem mais lugar na terra. Então inventaram essas ~~x~~
[ess]as paredes onde se fica como num arquivo.

Agora é um instante. Você sente? Eu senti. ✶

O ar é "it" e não tem perfume. Também gosto. E gosto de [que o mar]
seja um pouco agreste e também áspero ~~um pouco~~. Mas gosto do ja[smim]
[ma]scarado por que sua doçura é uma entrega à lua. Uma amig[a fez]
[um]a geléia de rosas pequenas e escarlates: seu gôsto nos [dá]
o tempo que nos acomete. Como reproduzir em palavras o gô[sto? O gôsto é uno e as pala-]
[vras] à música — depois de tocada para onde ela vai? Música
[é] abstração pura. De concreto só tem ~~só tem mesmo~~ o instrumento[, êsse]
[ob]jeto que vai gritar. Bem atrá[s]

"Isto"   O que   Eis que de repente
           não tem começo   vejo que há ainda
                é uma continuação

nossáuros? Como extingue-se uma raça?

Verifico que terei que abaixar o tônus disso aqui: porque "isto" não pode manter-se num climax altíssimo porque senão explodirei de tensão. Este livro nunca começou — é uma continuação
"Isto" é de pura criação. É invenção artística. Pura abstração. A introspecção mais absoluta do ser vivo. "it" xxx
                                        Ver o "it" dos animais

Preciso ir ao jardim zoológico. Há muito tempo que não entro em contato com vida primitiva animálica. Sei que o macaco é quase eu meu atrás do atrás do pensamento. Certa vez no Jardim Zoológico de Zurich — se eu quiser posso parar de escrever de repente, atrás das grades o casal de macacos. A macaca colocou a cabeça do macaco no colo. Depois a macaca teve a crise histérica de faxina: com um pedaço de papel que encontrou na jaula e com o auxílio de cuspe começou a limpar a casa com um afã de louca esfregando, cuspindo e esfregando querendo que tudo ali faiscasse de limpeza.

As vezes me arrepio tôda ao entrar em contato físico com bichos
Os bichos me fantasticam.
ou com a simples visão dêles. Pareço ter certo horror daquela criatura viva que não é humana e que tem nossos próprios instintos — embora livres e indomáveis. Animal nunca substitue coisa por outra. Nunca sublima como somos obrigados a fazer. E move-se, esta coisa viva. Move-se independente e por fôrça desta outra coisa sem nome que é Vida.
"ela"
Notei a uma pessoa que os animais não riem. Ela falou que X Berg tem anotação a respeito no ensaio sobre riso. Embora às vezes eu tenho certeza ri. O sorriso transmite-se por olhos tornados brilhantes e pela boca entreaberta arfando enquanto o rabo abana. Mas gato não ri nunca. No entanto brinca: tenho comprida prática de gato. Quando eu era pequena tinha a gata de aspecto vulgar. Era rajada com vários tons de cinza e sabida com aquele sonso felino e desconfiado e

conheço o segredo das manhãs puros

a me olhou bem nos meus olhos. Transmutamo-nos. Aquêle mé vital. Saí de lá tôda ofuscada por dentro. Tudo se passara trás do pensamento. Estou com saudade daquele terror que deu trocar de olhar com a pantera negra. Sei fazer terror e na pintura só não o faço porque não quero e quero que as pessoas gostem mim. Aquele olhar mútuo. A gente se sente eu me no âmago de alguma isa. E se sente bem.

Estou me sentindo tão bem. É um favor você se sentir-se bem. ita-se em plenitude. Eu quase que vou explodir. Tenho a cer- muita za de que morrer é uma explosão interna. O corpo não aguenta s ser corpo. Deve ser ~~kp hmmm~~ bom morrer. Deve ter gôsto comida quando se está com muita fome.

Eu já comi caviar às colheradas na Polônia. Lá é barato. a pequena bola de caviar negro brilha e estoura na bôca entre dentes. Existe o caviar vermelho: cada bola maior que o ca- r negro parece uma glândula inchada. Também é bom. Gosto de iar puro e sem pão. Como bebida champagne ultra-sêco. Tudo o - caviar e champagne - me veio de eu ter falado em orquí- s. Orquídea é o caviar das comidas e o champagne das flores.

A orquídea das meninas é uma que vou saudar desde já como ura escritora e que tem hoje cinco a seis anos e por isso sabe ler nem escrever. Então a avó leu para ela uma história antil que escrevi. No fim perguntou:

copiar: não lugar para o certo

Outro belo do infinito é que não existe adjetivo sequer que se possa usar em relação a êle. Ele é. Apenas isto: é. Nós nos ligamos ao infinito através do ~~subconsciente~~ atrás do pensamento. ~~Já escrevi que nosso subconciente é infinito.~~

O infinito não esmaga porque em relação a êle não se pode sequer falar em "grandeza" ou mesmo em "incomensurabilidade". O que se pode fazer é aderir ao infinito. Sei o que é o absoluto porque existo e sou relativa. Minha ignorância é realmente a minha esperança: não sei adjetivar. O que é uma segurança. A adjetivação é uma qualidade e tanto o meu ~~subconsciente~~ quanto o infinito não tem qualidades nem quantidades. Eu respiro o infinito. Olhando para o céu fico tonta de mim mesma. Eu já disse isto ou ainda vou dizer.

O absoluto é de beleza indescritível e inimaginável pela mente humana. Eu aspiramos esta beleza. O sentimento de beleza é o nosso melhor elo com o infinito. É o modo como podemos aderir a êle. Há momentos — embora raros — em que a existência do infinito é tão presente que temos uma sensação de vertigem. O infinito é um vir-a-ser. É sempre o presente e indivisível pelo tempo. Infinito é o tempo. Espaço sempre "já" e tempo são a mesma coisa. Que pena eu não entender de física e de matemática para poder no meu sentir gratuito sentir melhor e ter o vocabulário adequado para a transmissão do que sinto.

Proíbo absolutamente que se chame isto que estou escrevendo de "divagações". Divagação coisa nenhuma. É apenas viver. É simplesmente. É.

estações do ano. Chegou até a tentar dividir o infinito em dias e mêses e anos. Sòmente porque o infinito pode constranger muito e confranger o coração. Diante da angústia trazemos o infinito até o âmbito de minha consciência e o organizo em forma humana simplificada. Sem esta forma ou outra qualquer de organização meu consciente teria vertigem perigosa como a da loucura. Ao mesmo tempo para a mente humana simplificada. Sem essa forma ou outra qualquer de organização nosso consciente teria vertigem perigosa como a da loucura. Para a minha mente humana ao mesmo tempo é uma fonte de prazer a eternidade do infinito: sem entendê-lo nós compreendemos.

E sem conhecer vivemos. Minha vida é apenas um modo do infinito. Ou melhor: o infinito não tem modos. Qual a forma adequada para que o consciente monopolize o infinito? Pois quanto ao inconsciente — como já disse — êste o admite pela pura razão de também sê-lo. Será que entenderíamos melhor o infinito se desenhassemos um círculo? Errei. O círculo é forma perfeita porém pertence à mente humana. Restrita pela própria natureza. Porque na verdade até o círculo seria adjetivo inútil para o infinito. Não conseguimos pensar no "existe" sem tomarmos como ponto de vista o "a partir de nós".

Já me perdi e não sei muito do que estou falando. Para falar a verdade já me perdi e nem sei mais do que estou falando. Não, tens razão: Nunca fui moderna. É acontece o seguinte: quando estranho uma palavra aí é que ela alcança o verdadeiro sentido. E quando estranho a vida aí é que começa a vida. Tomo muita CONTA para não me ultrapassar. Há nisto tudo

uma pintura é aí que é pintura e quando estranho a vê

sada. Sempre paguei e agora não quero mais. Sei que tenho que ir para um lado ou para outro. Ou para uma desistência: levar uma vida mais humilde de espírito ou então não sei em que terreno desistência. Não sei em que lugar encontrar a tarefa, a doçura e a coisa. Estou viciada em viver em extrema intensidade. A hora de escrever é o reflexo de uma situação tôda minha. É quando tenho o maior desamparo. Isto eu tinha embora pareça coisa escrita. Quando não estou escrevendo simplesmente não sei como pintando escreve. Se não fosse infantil e falsa a pergunta das mais sinceras eu escolheria um amigo pintor ou escritor e perguntaria: como é que se escreve? pintar, como é que se escreve?

Por que realmente como é que se pinta ou escreve? que é que e como dizer? e como é que começa? e o que é que se com o papel em branco defrontando-me inquieto tranquilo? a tela em branco ou

Sei que a resposta — por mais que intrigue — é única vendo. Sou a pessoa que mais se surpreende de escrever. me habituo a que me chamem de escritora. Sou porém escri Será que escrever não é ofício, e então não há aprendiza que é? Só me consideraria escritora no dia em que diss como se escreve. Tudo isto me dá angústia.

Angústia? Aceito qualquer coisa contanto que não "angina pectoris" de espírito. Sei que desta não se mo menos a angústia — não? Quando o "mal" vem o peito se treito e aquêle reconhecível cheiro de poeira molhada coisa que antes se chamava alma e agora não é chamada falta de esperança. Conformar-se sem se resignar. Não se a si próprio porque nem tem mais o quê. Ou se tem rrompo: é para dizer que é tão engraçado que existir? Mas aquilo ainda que vai ser depois já io de agora. Não há por onde ou para onde me sinto uma espasmo da natureza. Os olhos inefável. A memória é inefável. Deus é ~~o prestigio. A revolta da criatura cont~~ ~~inefável.~~ Dói-me na cabeça e entonteço ao pensar-sent nidade no ano de – digamos – ~~10 milhões~~ mil lguma vez? Porque tonteira é inefável. Qu impresso em papel incorpado: detesto pape macia e humilde estou pedindo a ~~Deus~~ por e não sei rezar? como viver então? Não é e para os outros mas para sentir e para gum modo entrar em convento – logo eu que oz e trágica. Convento: tenho tanto mêdo er por mim mesma e para o mundo mas ainda em m convento e deixando de amar. Para não n fui muito ferida de morte. Mas a quanta g ~~Só não cito os nomes para não~~

~~não sobreviva aos que eu amo. Não toleraria a ausê~~
~~os isto eu peço.~~

De repente a reza tôda escura e os olhos bem abe
meia-noite. Acendo a luz da cabeceira e para me
duas horas da ~~noite~~ *madrugada*. E a cabeça clara e lúcida. A
ei alguém igual a quem possa telefonar às duas hora
e não me maldiga. Quem? quem ~~sofre de~~ *é* insônia. E
passam. Saio da cama e tomo café. E o que se passa
a da copa? Pensa-se uma escuridão clara. *solidão iluminada*. Não. Nã
e-se. Sente-se uma coisa que ~~só~~ *não* tem um nome: solid
is. Escrever? Jamais. Passa-se o tempo e olha-se
sabe se são cinco horas. Nem quatro chegaram. Que
dado agora? E nem posso pedir que me telefonem no
e pois posso estar dormindo e não perdoar. Tomar u
dormir? Não pega. Então fico sentada sentindo. S
O nada. E o telefone à mão.
Mas quantas vezes a insônia é um dom. De repente
da noite e ter esta coisa rara: solidão. Quase ne
das ondas do mar batendo na praia. Tomo café com
só no mundo. Ninguém me interrompe o nada. É o nad
vazio e rico. E o telefone mudo e sem aquêle súbi
alta. Depois vai amanhecendo. As nuvens se clarean
l às vezes pálido como uma lua e às vezes fogo pur
ço e sou talvez a primeira do dia a ver

tão saciada enfim que compreendi que devo voltar de vez em quando ao estado salvagem. Procuro o estado animal. E tôda vez que caio nêle estou sendo eu. E como é bom fazer o que se quer sem nem pensar antes. Ser assim é a minha matriz. E quando desprezo a nossa civilização. Prefiro o escuro da noite: é mais legítimo.

Estou no escuro da noite: só agora levantei-me da cama e acendi uma luz, e sou um escrevente. Mas antes fiquei muito tempo no escuro. E pensava não sabia em que. Eram pensamentos sem palavras. Era uma perplexidade. Não me mexi na cama até de madrugada. Agora e' de madrugada. Parecia-me que alguma coisa tinha que ser resolvida naquela mesma noite e no escuro da alma. Há longos anos se trabalhava dentro de mim a mais pergunta mais importante do mundo: se Deus existe. Não sentia em mim resposta alguma. Eu era de uma mudez desesperadora. Mas nesta madrugada de repente – como flor que brota um dia depois de lançada a semente – compreendi que há muito tempo eu creio. Já havia dado o salto mortal. É porque preciso tanto dêle que Ele existe.

Interrompo um instante para dizer que o sétimo sentido é querer. E que é inefável também. Continuo:

Deus é o impulso. A sua vitalidade energia que me faz estar escrevendo e alguém me lendo.

Não O compreendo. Está aquém e além da minha lógica. É um contato direto com Êle – nós que somos também um mistério. Não compreendo quase nada no mundo. Não sei porq que a criação do ser humano. Porque as provações pelas quais todos passamos. E por que a morte? Mas tudo isto é Deus e eu sou criatura dêle.

E foi de repente com espanto que pensei alto: eu creio em Deus. Assustei-me de início. Fiquei imobilizada pela descoberta. Depois fui me acostumando tão naturalmente que também

defeitos. Explicável porque sempre tive que me defender muito
e com sofismas se consegue. Quem sabe - eu que agora me defen
menos , largue pelo caminho o raciocínio sofisma. Talvez eu n
precise mais "ganhar" para me defender. O sofisma faz ganhar
muito em discussões - há anos que não discuto - e em explicaçã
para si mesma com as próprias ações inexplicáveis etc. De agora em
diante gostaria de defender-me somente assim: é porque eu que
E que isto bastasse. Mas com humildade.

— Sou humilde: aceito presentes.

— Sabe que muitas vezes não entendo o que eu mesma ~~escrevo~~ pen

— Comigo é quando falo. Eu pergunto-me: quem está falan
dentro de mim ?

— É porque ninguém — porém ninguém mesmo — pode chegar a
limiar mais último do ~~subconsciente~~ atrás do pensamento. E a gente não entende ~~o~~ es
~~consciente.~~ infinito terreno.

Tenho a subconsciente e extremamente desagradável sensaçã
de estar enganando todo o mundo. Talvez porque não digo aqui
nem uma milésima parte do ~~subconsciente~~ atrás do pensamento. Estou com a impressão
de que faço plágio . Uma impressão de charlatanismo. Estou esc
vendo — ao sabor da pena ? Para começar não se usa mais pena.
sobretudo escrever à máquina ou o que quer que seja não é um sa
bor. Entre parênteses: sabor é inefável. Continuo: Não estou m
referindo a procurar a escrever bem: isto só vem por si mesmo. Es
tou falando de procurar em si próprio a nebulosa que aos pouco
se concretiza e aos poucos sobe à tona — até vir como num part
a primeira palavra que a exprima. Parece que no futuro.

O futuro ~~chegou.~~ é Hoje. Em última análise trata-se do seguin
nós já estamos no ano 2.000. De tanto medo que temos dêsse ano
marco, o Tempo mais uma vez revelado, nós precipitamos o acont

e me perfumar. E se falarmos serão palavras de aleg
perfume usarei? Acho que já sei qual. Não digo que
eu uso: são o meu segrêdo. ~~Uso perfume para mim me
u me lembrando de meu pai: ele dizia que eu era mui
umada. Meus filhos também são.~~ É um dom que "Deus"
~~. Humildemente agradeço~~. Vou ~~ler agora um pouco.
diamantes. Numa revista italiana que diz:"Tra le p
iose è la più bella, la più bella, la più ricercata,
a stessa di pietra preziosa."~~ Hoje é sábado.

Acho que sábado é a rosa da semana; sábado de tard
é feita de cortinas ao vento, e alguém despeja um b
gua no terraço: sábado ao vento é a rosa da semana.
e manhã é quintal, uma abelha esvoaça, e o vento: u
a abelha, o rosto inchado, sangue e mel, aguilhão e
ido: outras abelhas farejarão e no outro sábado de
ver se o quintal vai estar cheio de abelhas. Nos qu
nfância no sábado é que as formigas subiam em fila

Foi num sábado que vi um homem sentado na sombra d
omendo de uma cuia carne-sêca e pirão : era sábado
e nós já tínhamos tomado banho. Às duas horas da tar
ainha inaugurava ao vento a matinê da cidade peque
vento sábado era a rosa de nossa insípida semana. Se
eu sabia que era sábado: uma rosa molhada - não? No
eiro quando se pensa que a semana exausta vai morrer

e: já então não sabia seguir senão a

ja esta a redação que em pequena me obrigavam

~~Obrigaram me também a dar resp~~
~~entre as respostas que os colegas pediam pe~~
~~e não as Fui.~~ Fui interrogada por uma moça

u faculdade, não me lembro. Ela fazia as pergu
ava as respostas como podia.

— Qual é a coisa mais antiga do mundo?

— Poderia dizer que é "Deus" que sempre existiu

— Qual é a coisa mais bela?

— O instante de inspiração.

— E "Deus" quando criou o Universo não o fêz

Sua maior inspiração?

— O Universo *não se lez!* sempre existiu. O cosmos é "Deus

— Qual das coisas é a maior?

— O amor, que é *um de um grande* ~~o maior dos~~ mistérios.

— Das coisas qual é a mais constante?

— O mêdo. Que pena que eu não possa responde

— Qual o melhor dos sentimentos?

— O de amar e ao mesmo tempo ser amada, o q

um lugar comum mas é uma das minhas verdades.

— Qual é o sentimento mais rápido?

o se cravará no alvo; só os imbecis podem pretender mo
r sua trajetória ou correr atrás dela para dar-lhe em
s suplementares com vistas à eternidade e às edições
acionais.

- O que acontece com a pessoa encabulada que você é,
to tem a ousadia de escrever ?
- Desabrocho em coragem, embora na vida diária continue
. Aliás sou tímida em determinados momentos, pois fora
tenho apenas o recato que também faz parte de mim. Sou
sada-encabulada: depois da grande ousadia é que me en-
.

- Você conhece os seu maiores defeitos ?
- Os maiores não conto porque eu mesma me ofendo. Mas
falar naqueles que mais prejudicam a minha vida. Por exem
grande "fome" de tudo, de onde decorre uma impaciência
rtável que também me prejudica.

Você sente e participa dos problemas da vida nacional?
Como brasileira seria de estranhar se eu não sentisse
participasse da vida do meu país. Não escrevo sôbre
mas sociais mas eu os vivo intensamente, e já em criança,
lava inteira com os problemas que via ao vivo.

E agora? Tenho que improvisar o que vou escrever

então
gora vou dar um esbôço do sono de um líder do povo! Prestem
o:

sacode-o
sono do líder é agitado. A mulher sacode-o até acordá

não cortar: copiar

mentira. A tradução dessa palavra é "lugar de paz". Em sânscrito: santinikketam.

Banho-me nesssa palavra bendita e conheço um pouco de paz.

Mesmo que sejam por alguns minutos. Mas é uma paz bebida avidamente, depressa, porque é entre lutas atrozes e dores insuportáveis. Santinikketon. Quero gravar na minha pele essa palavra misteriosa e repito-a alto.

No meio dessa paz que consegui, cheguei, depois de esporádicas e perplexas meditações sôbre o cosmos, a várias conclusões óbvias — o óbvio é muito importante: garante certa veracidade. Em primeiro lugar conclui que há o infinito, isto é, o infinito não é uma abstração matemática, mas algo que existe. Nós estamos tão longe de compreender o mundo que nossa cabeça não consegue raciocinar senão à base de finitos. Depois me ocorreu que se o cosmos fôsse finito eu de nôvo teria um problema nas mãos: pois, depois do finito, o que começaria? Depois cheguei à conclusão muito humilde minha, de que "Deus" é o infinito. Nessas divagações tambem me dei conta do pouco que sabia, e isso resultou numa alegria: a da esperança. Explico-me: o pouco que sei não dá para compreender a vida, então a explicação está no que desconheço e tenho a esperança de vir a conhecer um pouco mais.

O belo do infinito é que não existe um adjetivo sequer que se possa usar para defini-lo. Ele é, apenas isso. Nós nos ligamos ao infinito através de nossa ilimitada infra-estrutura subjacente, do atrás do pensamento. Nossa subjacência é infinita.

O infinito não esmaga, pois em relação a êle não se pode sequer falar em grandeza ou mesmo em incomensurabilidade. O que se pode fazer é aderir ao infinito. Seix o que é o absoluto

copiar não cortar

Existo e sou relativa. Minha ignorância é realmente a [mi]nha esperança: não sei adjetivar. O que é uma esperança. A[d]jetivação é uma qualidade, e a infra-estrutura, como o infinito, [nã]o tem qualidade nem quantidades. Eu respiro o infinito. Olhan[do] para o céu, fico tonta.

O absoluto é de uma beleza indescritível e quase inimaginável [pe]la mente humana. O sentimento de beleza é o nosso elo com o [in]finito. É o modo como podemos aderir a êle. Há momen[to]s, embora raros, em que a existência do infinito é tão [pr]esente que temos uma sensação de vertigem. O infinito é um [vi]r-a-ser. É sempre presente, indivisível pelo tempo. Infinito [é] o tempo. Espaço e tempo são a mesma coi[sa]. Que pena eu não entender de Física e de Matemática para po[de]r, nessa minha gratuidade, pensar-sentir melhor e [te]r o vocabulário para a transmissão do que sinto.

Espanta-me a nossa fertilidade: o homem chegou com os sécu[lo]s a dividir o tempo em estações do ano. Chegou mesmo a tentar [di]vidir o infinito em dias, mêses, anos, pois o infinito pode [a]stranger muito e confranger o coração. E, diante da angústia, [f]azemos o infinito até o âmbito de nossa consciência e organiza[mo]s em forma humana simplificada. Sem essa forma ou outra qual[qu]er de organização, nosso consciente teria uma vertigem perigo[sa] como a loucura. Ao mesmo tempo, para a mente humana, é uma font[e de] prazer a eternidade do infinito: sem entendê-lo, compreendemos. [E] sem entender, vivemos. Nossa vida é apenas um modo do infini[to]. Ou melhor: o infinito não tem modos. Qual a forma mais adequa[da] para que o consciente açambarcar o infinito? Pois quanto ao

la. Posso pegar em qualquer coisa. Sabem mesmo o que é pegar? É privilégio. Eu queria para mim um bebê chamado que eu pegasse todo no colo, eu cuidaria dele como cuide meus filhos.

Tem uma coisa que eu queria contar mas não posso. muito difícil alguem escrever minha biografia. Da Universidade de Boston recebi uma carta pedindo que l enviasse qualquer pedaço de papel onde eu tivesse anotado uma coisa, ou os originais de um livro já publicado, qua oisa servia para uma possivel biografia minha. Não mandei . Por preguiça. E mesmo, depois que eu morrer, pouco me ressarão as opiniões que tiverem a meu respeito: mor i livre. Eu queria morrer no ato de escrever, embora escr a uma maldição terrível.

Vou parar um pouco para pensar-sentir. Esperem um insta ue estou pensando.
Bem, agora posso continuar, escrever. Tenho diante num jarro que eu pintei, um buquê de flores amarelas mist com outras: estrelicias e muitas margaridas amarelas, da s que não tem nenhum branco em si. Será que são margarida gora um gole de água. De pura alegria. Um dia convidei um para jantar e, ao fazer o convite, perguntei-lhe o que el comer. Ele disse imediatamente: feijão com arroz. Como e sempre fóra, nunca chega a vez de comer um o mandei fazer um

Sou uma até certo ponto
um objeto insólito
e gritando que tenho
em casa. Esse objeto
é diferente de mim porque
eu sou um objeto urgente
e o outro não. O outro é
uma planta chamm

181

procurar

emendar aqui

ssa felicidade eu quis tornar eterna por intermédio da objetivaç
a. Fui ~~procurar~~ *logo depois* no dicionário a palavra beatitude que detesto c
 vi que quer dizer gozo da alma. Fala em felicidade tranquila
ria porém de transporte ou de levitação. Também não gosto da cont
cionário que diz "de quem se absorve em contemplação mística". Na
En não estava coisa alguma em meditação, não houve em mim a men
dade. T~~in~~ Tinha acabado de comer um sanduíche ~~xxx~~ e estava simpl
lí sentada com um ciaggro queimando-se no cinzeiro.

quando começou e me tomou. Foi uma alvorada da graça ~~de Deus~~
~~Este seja~~. E vi quando foi se desvanecendo e terminou. Não esto
Não tinha tomado nenhuma droga e não foi uma alucinação. Eu sab
eu e quem eram~~xx~~ os outros.

mo que êste estado nunca mais volte. E fico com pena de pess~~oas~~ *você*
vida o experimenta~~ram~~.

ora quero ver se consigo "prender" o que me aconteceu usando pal
alavras estarei destruindo um pouco o que senti — mas é fatal.
te meu pequeno estudo de "À margem da beatitude". Começa assim,

ando se vê, o ato de ver não tem forma — o que se vê é que tem
ver é inefável. Só não é inefável a coisa vista. E é assim certa
pensamento-sentimento que chamarei de superior, só para lhe dar u
e mesmo — enquanto ato de pensamento — não tem forma. E como
 pensamento se pensa a si mesmo

de uma invento:

183

ormir nos aproxima muito desse pensamento vazio e no entanto plen
u falando do sonho que, no caso, seria um pensamento "primário".
rmir. Dormir é abstrair-se e espraiar-se no nada.
ero tambem lhe dizer
cima de certo vazio minha imaginação está livre. Por exemplo:
dar um exemplo da imaginação liberada. Assim: acima de ce
vazio as ondas musicais calmissimas. A loucura da tranquilidade
? ar, talos verdes, o mar estendido, silêncio de domingo de manh
no de um pé só tem um grande ôlho transparente no meio da testa.
r feminino se aproxima engatinhando, diz com voz que parece vir
la, voz que soa não como a primeira voz mas em éco de uma voz pr
se ouviu. A voz é grave, canhestra, eufórica e diz por força do
anterior: quer tomar chá? Pega uma espiga delgada de ouro,
e as gengivas sem dentes e se afasta de gatinhas com os olhos ab
óveis como o nariz. É preciso mover toda a cabeça sem ossos para
o? Mas que objeto? O homem fino enquanto isso adormeceu sobre
rmeceu o ôlho sem no entanto fechá-lo. Adormeceu o olho trata-se
a não querer ver. Quando não vê, ele dorme. No olho silente se r
nicie em arco-iris. É ôlho k ou asa fina de inseto? O ar é de ma

s ondas musicais recomeçam. Alguem olha as unhas. Há um som que
z: psiu, psiu!... Mas o homem-do-pé-só nunca poderia imaginar q
chamando. Inicia-se um som de lado, como a flauta
arece tocar de lado, do lado esquerdo — inicia-se um som de lad
repete   que termina p
a as ondas musicais sem tremor, e se   tanto de/cavar com

~~sube~~ miseria e segredo.
~~sua~~ misérja e segredo
o martirio da sua inoportuna
sensualidade.

Chora viria colher o
harmonia fruto que djz ser
m que em música vida?
eu por agora dizes
ressinto a frase
musical que vai se
seguir.

P.
das
cidade
alguns contos

do flash do instante / captação do presente

185

r. Mesmo que seja por uma fração de segundo é cair como fora do terra
perdeu a fôrça da gravidade gravidade, é rolar indefinidamente no ar.
smaio o "eu" deixa de ser um "eu". E mesmo que dure tão pouco é mui
to muito grave. Desmaio é também a coragem do corpo em morrer. Em ca
ismo.

FICA

O instante-já de agora é uma coisa que vou dizer: que todas as vidas são
heróicas. Eu também sou heróica. Aliás é só por heroismo também que
o este livro que vai ser vaiado e cujas intenções de anti-literatura
rão captadas por poucos. Queria que alguém tivesse escrito
                                           desse para ler não me sentir sozinha
O destino do homem sendo heróico dá-me uma liberdade ilimitada: pag
a entrada antes do espetáculo — e agora tenho direito a êle.
Ah estou cansada de ser m eu. De agora em diante — como não posso,
proibido, usar meu nome íntimo de Amptala — passo pelo menos a me
Maria Leite: prendas domésticas e várias vêzes grávida. Porque eu
da gravidez. A maternidade mesmo de um feto insipiente é toda redonda
carne sem osso dentro: sim, a maternidade é redonda. É assim que
Quem quer que eu seja — hão importa. O que importa é que viver me
involuntariamente tanta nobreza.
Final o que é viver? Viver é estar aqui? morrer no mundo? É respirar para cima e para
para cima, A resposta talvez fosse tão grandiosa que se teria
Deus é uma criação monstruosa. E eu tenho um pouco mêdo de Deus. Ele
total demais para o meu tamanho. E também tenho uma espécie de pudor
ão a Ele: há certas coisas minhas que nem Ele sabe. Ele escolheu
de nós com uma cara diferente e com um "eu" diverso e irreproduzív
pressões digitais inimitáveis na sua singularidade. Isso tudo faz com
nha mêdo. Como em criança
se tem mêdo do escuro:

etas. ~~E conheço um~~ (Acho que para ela) as flores são assombradamente delicadas como um suspi[ro]

em no escuro.

Eu é que estou no escuro. NÓS ESTAMOS NO ESC[URO]

~~Nós~~ Eu sou ~~os dentes~~ doentes ~~da condição humana~~. Eu me revolto: não [...]

Nós que somos os doentes da condição h[umana] sabemos [...]

ser gente. Quem? quem tem misericórdia de nós que ~~temos consciên[cia]~~

[d]a morte quando um animal que eu profundamente invejo — é inc[onsciente d]a condição? Quem tem piedade de nós? Somos uns abandonados? uns [entregues] ao desespero? Não, tem que haver um consolo possível. Juro: tem [que haver.] Eu não tenho é coragem de dizer a verdade que nós sabemos. Há pa[lavras proi]bidas.

Mas eu denuncio. Denuncio nossa fraqueza, denuncio o horror alucí[nado de] ser — e respondo a toda essa ~~infância sexx~~ infâmia com — exatamente ~~que~~ [o que] vai agora ficar escrito — e respondo a toda essa infâmia com a [altí]ssima e levíssima alegria. A única salvação de um ser humano é [a] alegria atonal dentro do "it" essencial. Não faz sentido? Pois [tem que faze]r. Porque é cruel demais saber que a vida é única e que não temo[s garan]tia senão a fé em trevas — porque é cruel demais, então respon[do com a] pureza de uma alegria indomável. Recuso-me a ficar triste. Sejam[os alegres.] Quem não tiver medo de ficar alegre e experimentar uma só v[ez] a alegria profunda terá o melhor da ~~condição humana~~ nossa verdad[e]. Eu estou — [ap]esar de tudo oh apesar de tudo — estou sendo alegre neste ~~momento~~ instan[te que] passará se eu não fixá-lo com palavras. Estou sendo alegre neste [ins]tante porque me recuso a ser vencida: então eu amo. Como respost[a. Ale]gria: mesmo o amor que não dá certo, mesmo o amor que termina. [E a p]rópria morte e a dos que amamos tem que ser alegre, não sei aind[a como,] tem que ser. Viver é isto: a alegria do "it", ~~alegria apesar de~~ [Con]formamo-nos não como vencidos mas num allegro ~~moderato~~ com brio. Nunca [mais] e aí [Severina] que é ôca de sofrimento é tanto que me disse que ela e[ra]

: nem alegre nem triste. Quer dizer que já não tinha a capacidade de
r. Estou falando a linguagem do bom senso: é melhor sentir, mesmo que sej
E contorcer-se como a ostra quando pingam nela limão.

Mas detesto ficar embriagada por álcool: pois sou embriagada por natur
numa semi-transparencia muito lúcida, onde a realidade é uma espécie de
nação. E onde os grandes mortos estão vivos. E onde o milagre existe.
? ter nascido já não é um milagre? Ter um "eu" não é um milagre?
em milagres, portanto. Tudo — mas tudo — pode acontecer. E a própria
é vencida: os mortos ficam vivos na lembrança dos que os amaram.

Aliás eu não quero morrer. Recuso-me contra Deus. Vamos todos não mor
desafio? Não tenho coragem ouvir? estou gritando bem alto para Deus ouvir. Não vou morrer
Não vou morrer, ouviu, Deus? Porque é uma infâmia nascer para morrer não vou morrer, Deus!
abe quando nem onde. Vou ficar muito alegre, ouviu, Deus? Como respos ouviu, De
insulto. A Deus que eu amo com prosternada veneração. Uma coisa eu gar
nós não somos culpados. É preciso entender enquanto estou viva, ouviu?
ue depois será tarde demais.

Este livro flash de instante nunca termina. Meu canto do it nunca te
Vou acabá-lo deliberadamente por um ato voluntário. Mas ele cont
improviso constante, criando sempre e sempre o futuro
e ri à toa. Qualquer coisa lhe serve. E por outros motivos, rico ri à toa.
Este livro é. improviso

Quer ver como continua? Esta noite — é difícil de explicar — esta no
onhei que estava sonhando. Será que depois da morte é assim? o sonho de
o de um sonho de um sonho.

Sou herege. Não, não é verdade. Ou sou? Mas algo existe.
e
Ah viver é tão desconfortável. Tudo aperta: o corpo exige, o espírito
, viver parece ter sono e não poder dormir — viver é incômodo. Não se
r nu nem de corpo nem de espírito.

Eu não disse que viver é apertado? Pois fui dormir e sonhei que e via duas páginas inspiradas que seriam a chave deste livro. Esqueci-as voltaram para o nada, voltaram para o meu Deus.

A tendência de tudo o que existe é a de acabar. Só o tem po-espa não termina jamais.

Mas este livro continua. O que é bom, muito bom. O melhor ainda foi dito.

Quem sabe se não houvesse a morte haveria suicídios suicídios em massa?

E eis que depois de uma tarde desesperada de "quem sou eu?" e de acordar a uma hor madrugada ainda em desespêro — eis que às três da madrugada acordei e encontrei. Fui ao encontro de mim. Calma, alegre, plenitude sem fulmina Simplesmente eu sou eu. E você é você. É lindo, é vasto, vai durar.

Este livro é um "isto". E continua.

Olha para mim e me ama. Não: tu olhas para ti e te amas. É o que certo.

Eu o estou prolongando. Já com saudade dele. Com horror de bém. O que escrevi foi algo de monstruoso? Quero me libertar e ele não deixa. Ou não posso. Tem a vida que continua. Este livro continua.

enfeitiçado

Cinco ensaios
e uma correspondência

Quando
quatro

25220220 [illegible]

[illegible] Nos vai
ficar um texto que
parecerá muito "raciocinado": é que o ~~pensamento~~ pensar-sentir
não tem palavras só
símbolos — com palavras
toscas e esterilizantes e cerebrais etc.
que se pode aludir ao
que se passa

O conselho do amigo
Carta à Clarice Lispector
José Américo Motta Pessanha

São Paulo, 5 de março de 1972

Querida Clarice,

Sei que estou em falta enormíssima com você. Mas espero que você tenha imaginado que não foi sem motivo justo que fiquei tanto tempo sem me comunicar com você. Minha vida está passando por uma fase de grandes alterações no plano pessoal-afetivo e estou há várias semanas inteiramente absorvido pela tentativa de solução de problemas que me afetam bastante. Nada de grave, talvez até de muito fecundo em todos os sentidos, mas de qualquer modo – você sabe – não é fácil readaptar-se, sobretudo quando se trata de substituir o plenamente satisfatório (ou quase) pelo incerto. Agora tudo está mais definido (sobretudo em meu interior) e retorno ao que abandonei ou negligenciei, inclusive a você. Li seu livro, que me deixou bastante perplexo, como lhe disse pelo telefone. Difícil de julgar o *Objeto gritante*. Sinto-me inseguro para fazê-lo e, previno, não consegui nenhum juízo definitivo a respeito. Até certo ponto o próprio livro parece suscitar esse tipo de insegurança, já que escapa a padrões habituais que facilitem o confronto e o julgamento. Por outro lado, a insegurança maior vem mesmo de mim – de meu escasso contato com o universo artístico. O que vou lhe dizer, pois, vale pouquíssimo, são apenas impressões bastante pessoais e sem maior lastro crítico.

Tentei situar o livro: anotações? pensamentos? trechos autobiográficos? uma espécie de diário (retrato de uma escritora em seu cotidiano)? No final achei que é tudo isso ao mesmo tempo. De início, supus que o livro se situasse em uma espécie de linha como *A paixão de G. H.* (sic). Depois achei que não: estava mais perto de *Fundo de gaveta* [e] de *A legião estrangeira*. Tive a impressão de que você quis escrever espontaneamente, ludicamente, a-literariamente. Verdade? Parece que, depois de recusar os artifícios e as artimanhas da razão (melhor talvez – das racionalizações), você parece querer rejeitar os artifícios da arte. E despojar-se, ser você mesma, menos indisfarçada aos próprios olhos e aos olhos do leitor. Daí o despudor com que se mostra em seu cotidiano (mental e de circunstâncias), não se incomodando em justapor trechos de diversos níveis e sem temer o trivial. Falar de Deus e de qualquer coisa, sem selecionar tema, sem rebuscar forma. Sem ser "escritora". Ser apenas mulher-que-escreve--o-que-(pré)pensa-ou-pensa-sentindo?

Gostei particularmente dos momentos em que você, diante do leitor, mostra como de um universo mental voltado também para o dia a dia pode surgir uma trama de ficção: parece uma bolha de criação artística que você deixa que se desenvolva até certo ponto e, quando quer, rompe. E volta ao cotidiano, ao telefone que toca, à reminiscência de um fato qualquer. Acho que sob esse aspecto o livro vale e muito.

Notei as repetições – que, pelo telefone, você disse ter suprimido. Sem elas o livro ganhará, sem dúvida. Mas de qualquer modo, você deve estar certa de que ele permanecerá heterogêneo, suscitando a impressão de bricolagem. Se isso é intencional, você deverá mantê-lo assim, embora deva se prevenir para as possíveis incompreensões.

Mas o principal foi dito acima e merece ser mais atentamente focalizado: o seu (provisório?) repúdio pelo trabalho de ficção. O que significa? Só você pode dizer. De fato, lendo-se sua obra pode-se verificar que cada vez mais (como procurei mostrar naquele trabalho que publiquei em *Cadernos Brasileiros*) você abandona o enfoque psicológico e passa a outro nível de problema e de linguagem: o do "pensamento" – como em *G.H.* Depois, em *Aprendizagem*, é toda uma docência amorosa, mas por via também de persuasão intelectual: a relação professor-aluno-amante, esboçada no *Lustre* (a "iniciação" à vida que a menina recebe do irmão) e em contos (como o "Tesouro de Sofia") e – agora me recordo – desde Joana de *Perto do coração selvagem*. Ou seja – na *Aprendizagem*, a comunicação entre as personagens já é intelectualizada (trata-se, não por acaso, de um *professor de filosofia*, conduzindo sua amante-aluna à percepção mais nítida do sentido da vida, do amor, de si mesma; ou seja, trata-se de elevar uma consciência a um nível superior de compreensão, através da mediatização de argumentos racionais e emocionais). Com isso, do ponto de vista literário, sua linguagem muda: você deixa de falar pelas personagens; elas já podem falar por elas mesmas e então dialogam (o que raramente ocorria nas obras anteriores). Parece-me que tudo isso anuncia uma mutação em você mesma: depois de tanto negar o pensamento-hábito (como Martim de *A maçã*), você recupera a linguagem-pensamento e em vez de descrever vivências penumbrosas ou quase ao nível da pura percepção sensível (as crianças, os bichos, os "pobres de espírito" de suas primeiras obras), você fala deixando que falem suas personagens (suas muitas máscaras): você se deixa pensar ou pré-pensar. É então que surge a necessidade de pensar livremente – sem artefato ou artifício? É aí que se explica um pouco esse grito do objeto? Talvez. Se for – é ótimo que ele grite, e alto.

Queria lhe dizer coisas úteis, boas, próprias. "Amigo é para essas horas." Mas não sei se estou conseguindo. Queria também dizer coisas mais objetivas – como, por exemplo, se você deve ou não publicar o livro. Olha, é um risco – você mesma sente e por isso teme e pede minha opinião. Mas – e daí? Por que não o risco? É claro que um leitor que não tenha lido seus livros anteriores não poderá ter ideia – só através do *Objeto gritante* – do que é você como escritora e talvez mesmo possa emitir juízos equivocados. Por isso é que acho que talvez valesse a pena um subtítulo que, na medida do possível, identificasse a obra – como não ficção, como apontamentos, como um certo tipo de diário, enfim como você considere melhor qualificá-la sem traí-la em excesso.

Todavia me volta a dúvida: a necessidade de "des-iludir" o leitor, de fazer des-prestidigitação, de não se apresentar como fazedora de mágicas literárias – de não fazer ficção no sentido como você vinha fazendo até aqui, para mim único em nosso mundo literário – é para você uma atitude passageira, exclusiva desse livro, ou representa uma conclusão, depois de um processo interior de amadurecimento? Isso pergunto porque – talvez mais do que em outra obra – o processo de escrever tornou-se imanente, no *Objeto*, ao seu vivido pessoal. E, se como você mesma sabe, "fazer literatura" nunca significou nada para você, o que geralmente significa para o literário "profissional" – é seu modo de sobreviver adiando abismos, como Xerazade que inventa histórias para adiar com palavras as ameaças –, aquela inerência do escrito ao vivido crie impasses de que você terá que ter consciência para superar (quer do lado do vivido, quer do lado da atividade literária). Tento me explicar melhor: você se transcendia e se "resolvia" em termos de criação literária; agora a "literatura" desce a você e fica (ou aparece) como imanente ao seu cotidiano: você é seu próprio tema – como num divã de psicanalista, em que se fala, fala, sem texto previamente ensaiado. Esse encontro de você-Clarice com você-escritora certamente resulta de um processo pessoal que a levou até aí. Pergunto – se é que é justo e oportuno fazê-lo – e então, o que virá depois? Você continuará a ser seu próprio tema, diretamente apresentado, face desnuda sem as máscaras das personagens? Ou voltará a falar de si através de outras vozes, multiplicando seu mistério e sua perplexidade no jogo de espelhos das personagens? Creio que, na medida em que escrever tem sido vital para você, dispensá-lo talvez seja arriscar-se ao mar alto de si mesma sem munir-se de boia ou bote. Mas penso que isso talvez signifique uma espécie de libertação – a das muletas – para andar sozinha (o que significa à beira do silêncio). Verdade? Talvez você mesma não saiba, como quase nada sabemos de nós, com segurança, ou dos outros.

Vejo você, minha amiga, vivendo um momento de encruzilhada – interior e transfigurada em linguagem. Sinto-me impotente para ajudá-la como na verdade desejaria. Creio mesmo que até aqui nada disse de útil. Mas creia que desejaria fazer-lhe bem, pois muito lhe devo pelo que seus livros me fizeram ver e me incentivaram a pensar e pela alegria que experimento com sua afeição à qual se liga a inesquecível Lígia.

Perdoe-me a demora desta carta. Não me queira mal por isso. Querendo, escreva-me algumas palavras para eu saber como você vai e se valeu de algo o que lhe disse acima. Agora que eu mesmo estou de volta da minha "viagem ao redor dos meus problemas", prometo procurá-la pessoalmente na primeira ida ao Rio.

Um beijo terno do

José Américo

hoje mesmo

~~conosco~~ mas nós nos abstemos. Assim vós sereis nossa sobrevivência mas sem nós: esta nossa missão é missão suicida. A linha metálica eterna - produto de nós todos que aqui estamos reunidos nêste instante - esta linha eterna é produto do fracasso de hoje e também o ~~um~~ nosso mais puro esfôrço para que a vida errada não se repita. Nós a lançamos no espaço. Lançá-la do nosso cordão umbelical e o arremêsso é para a eternidade. A intenção oculta e sabida é ~~que~~ ao arremessá-la também *nós mesmo fundamos* o nosso corpo - a ela prêso pelo cordão umbelical - também o nosso corpo seja arrancado do chão de hoje e se arremesse pa-ra o espaço transamazônico. Esta é a nossa esperança e esta é a nossa paciência. A missão é suicida : nós nos voluntariamos para o futuro. Somos homens de negócio que não precisam de dinheiro mas da própria posteridade. O que temos tirado para nós próprios do presente não tem de forma alguma desgastado o futuro. Temos amado mas isto não desgasta a eternidade porque te mos amado exclusivamente à moda atrasada de hoje e que um dia será apenas carne para os abutres. Nada disto prejudica a linha do mais sincero metal. Legaremos duro e sólido arcabouço que contém o vazio. Seremos um *simples* objeto. E como no ôco estreito de um fio de cabelo será árduo para os que virão entrar dentro da linha metálica. Inauguramos o futuro e sabemos que entrar nesta linha metálica será a porta estreita dos que vêm. Será *serpente*?

Quanto a nós mesmos — assim como nossos filhos nos estranham *a* envergonham-se de nós— a linha metálica nos estranhará e terá vergonha de nós que a construímos. Estamos porém cientes de que se trata de missão suicida.

Embora saibamos que a serpente vem de um ser sinto o homem quando o homem é por causa algo de perfeita serpente de ser lenta

As duas versões de *Água viva*
Alexandrino E. Severino

De todos os escritos de Clarice Lispector, *Água viva*, publicado pela Artenova em versão final em agosto de 1973, terá sempre para mim um significado especial. Esse livro está relacionado com um encontro que tive com a autora em julho de 1971, vai para treze anos.

Decorrente desse e de outros encontros subsequentes, todos eles entre julho e agosto desse ano, guardo até hoje uma primeira versão de *Água viva*, que na ocasião se chamava *Atrás do pensamento: monólogo com a vida*. Segundo a autora nos confidenciou, esse título seria substituído por outro: *Objeto*. O livro que possuo, em forma datilografada – como se sabe, Clarice escrevia sempre diretamente na máquina – foi nos confiado para que fosse traduzido. Somente mais tarde, segundo a autora então nos informou, o livro seria enviado para a Editora Sabiá.

A tradução não se efetuou, mesmo porque o livro, tal como fora escrito, nunca foi publicado. Em carta que nos dirigiu em 23 de junho de 1972, Clarice dizia em resposta à nossa indagação:

> Quanto ao livro, interrompi-o, porque achei que não estava atingindo o que eu queria atingir. Não posso publicá-lo como está. Ou não o publico ou resolvo trabalhar nele. Talvez daqui a uns meses eu trabalhe no *Objeto gritante*.

O livro sairia daí a um ano bastante modificado. De 188 páginas seria reduzido para cem. E chamava-se *Água viva*.

Quando em 12 de julho de 1971 conheci pela primeira vez Clarice Lispector em seu apartamento na rua Gustavo Sampaio, no Leme, ela havia acabado de escrever esse livro, que ainda não tinha portanto o nome que tem hoje, nem era ainda o livro que corre com aquele nome. A gestação final dessa primeira versão, muito mais extensa que a atual, ocorreria naquela mesma manhã. Nossa conversa, extremamente franca e aberta, foi determinada, agora o reconheço, pelos aspectos autobiográficos do livro. Não cessara ainda naquela tarde a força criadora que a obra recém-concluída sondara, com o auxílio da personalidade descarnada, os mistérios do mundo e do ser para além do pensamento, lá onde só as palavras conseguem penetrar. Sondagem interminável, mil vezes repetida em renovados arremessos de infrutíferas consequências, por onde não soa eco nem se vislumbra fundo e que, no entanto, deixa a alma exangue pelo esforço dispendido. Tanto *Água viva* como a primeira versão *Objeto gritante* representam, apesar de algumas diferenças no processo de execução, tentativas de chegar até um ponto inefável, um "it", para além do raciocínio e para além mesmo da imaginação.

Como acontece em outros romances e contos de Clarice Lispector, a palavra é o principal ponto de contato entre o cognoscível e o inefável "it". Outros pontos de contato, que ajudam a elucidar o "it", são os animais e as plantas, seres que pela sua condição elemental, mais próxima do que é intuitivo e inconsciente, conduzem a escritora à essência primordial das coisas. Ambas as versões de que tratamos deslindam ao final esse "it" imperecível, sendo a sua descoberta motivo de alegre epifania e de religiosa aceitação.

Gostaríamos neste trabalho de prestar uma singela homenagem à grande escritora há dez anos desaparecida, cotejando esses dois textos: *Água viva*, que, como dissemos, é de agosto de 1973, e a versão anterior, escrita dois anos antes. Essa primeira versão trazia o título de *Atrás do pensamento: diálogo com a vida* mas passou a chamar-se mais tarde, *Objeto gritante* ou simplesmente *Objeto*. As duas versões diferem sobretudo na inclusão de aspectos biográficos. A versão de 1971 sofreu profundas alterações, para que dela fossem extraídas referências demasiado pessoais. O resto, o âmago do livro, já se encontra na primeira versão.

Os acréscimos à versão publicada são tentativas de dizer melhor o que fora apenas esboçado ou dito de forma inadequada. Em uma escritora como Clarice Lispector, conhecida pela espontaneidade e precisão da palavra escrita, quase automática, isto é – como se fora ela ditada por seres de outros mundos, é curioso, e ao mesmo tempo elucidativo, verificar a extensão das correções feitas no texto e o processo de revisão a que este foi submetido. O resultado é *Água viva*, uma obra cuja importância é salientada pela justaposição das duas versões, de onde se depreende que a escritora aqui atingiu um dos pontos mais altos de sua ficção.

Vários estudiosos da obra de Clarice têm chamado a atenção para os aspectos extremamente subjetivos presentes em *Água viva*, não obstante o rótulo de ficção afixado na folha de rosto. Com efeito, todas as indagações sobre o mundo e a natureza do ser, que levam à descoberta do "it", partem do ponto de vista de um eu em *brasa*, em completa incandescência. O título *Água viva* reflete esse estado de espírito do narrador:

> A transcendência dentro de mim é o "it" vivo e mole e tem o pensamento que uma ostra tem. Será que a ostra quando arrancada de sua raiz sente ansiedade? Fica inquieta na sua vida sem olhos?
> (A. V., 35-6)

É necessário, no entanto, distinguir o que é *pessoal* do que é *impessoal* em Clarice Lispector. Uma coisa é um foco narrativo egocêntrico, isto é, absorto na pessoa do autor do livro ou mesmo do narrador. Outra coisa é a voz que fala como reflexo do ser humano, o eu vindo a exercer a função de ponto de referência, a medida de todas as coisas. Não se trata neste caso de impor o ser humano às coisas da natureza. Clarice enquanto ser identifica-se com a substância elemental, compartilha pelo eu com a realidade exterior:

> Mas há também o mistério do impessoal que é o "it": Eu tenho o impessoal dentro de mim e não é corrupto e apodrecível pelo pessoal que às vezes me encharca: mas seco-me ao sol e sou um impessoal de caroço seco e germinativo. Meu pessoal é húmus na terra e vive do apodrecimento. Meu "it" é duro como pedra eixo.
> (35)

Foi precisamente para reduzir o mais possível o pessoal, dando maior relevo aos aspectos impessoais do texto, que a primeira versão foi completamente modificada e mais tarde substituída pela versão atual: "Estou enxugando o livro", Clarice dissera ao confiar-me o manuscrito. Foram necessários dois anos para que o caroço seco e germinativo fosse secando ao sol: para que a transformação do pessoal em impessoal fosse aos poucos se realizando. O processo de secagem foi violento. Das 151 páginas originais somente as primeiras cinquenta e as últimas três têm algo em comum. Cem páginas foram simplesmente eliminadas; ou por conterem passagens demasiado subjetivas ou por terem sido anteriormente publicadas como crônicas. Como é sabido Clarice Lispector manteve ao longo de vários anos uma crônica semanal no *Jornal do Brasil* e muitas das páginas eliminadas na primeira versão apareceram pela primeira vez naquele jornal. A própria autora comunica-nos esse fato à página 97 da primeira versão:

> Acontece o seguinte. Eu vinha escrevendo esse livro há anos, espalhados (sic) por crônicas de jornal, sem perceber, ignorante de mim que sou, que estava escrevendo o meu livro. Essa é a explicação para quem me lê e me reconheça: porque já leu anteriormente em jornal. Gosto da verdade.

Apesar de sentir-se perfeitamente justificada na inclusão das crônicas, pois estas eram agora subordinadas a um contexto diferente, Clarice resolveu, acertadamente, penso eu, suprimi-las. Eliminadas foram também todas as referências autobiográficas: por exemplo, a alusão, à página 118, ao incêndio que lhe causou sérias queimaduras: "A mão enxertada por causa do incêndio". Outros comentários de natureza biográfica referem-se ao seu casamento e eventual separação: "A grande dor de sua vida", segundo Alceu de Amoroso Lima em homenagem que prestou à escritora poucos dias depois de sua morte no *Jornal do Brasil*. Um bom exemplo, porque incomum na obra de Clarice Lispector, de um assunto pessoal – e por essa razão mais tarde eliminado – é a referência à pobreza no Brasil. Escritora apolítica, Clarice Lispector foi aos poucos tomando consciência das injustiças sociais de seu país. A última vez que a visitamos, em julho de 1976, confessou-nos ela o seu arrependimento por haver aceitado vultoso prêmio literário oferecido anualmente em Brasília, que no ano anterior havia sido recusado por Carlos Drummond de Andrade. Todos que leram seu último livro, *A hora da estrela*, comentam os aspectos politizantes do romance, que é, além de outras diferentes coisas, um grito de protesto contra a injustiça social. Um primeiro esboço dessa consciência crítica já está presente na primeira versão de *Água viva*:

> Posso inteiramente desejar que o problema mais urgente se resolva: o da fome. Muitíssimo mais depressa do que em vinte e cinco anos, porque não há mais tempo de esperar: milhares de pessoas são verdadeiramente moribundos ambulantes que tecnicamente deveriam estar internados em hospitais para subnutridos. Tal é a miséria que se justificaria ser decretado estado de prontidão, como diante de calamidade pública.

Em face de tais apelos a favor da resolução de problemas socioeconômicos, é fácil entender a relutância de Clarice em retirar esses trechos da versão publicada. São problemas visceralmente sentidos pela escritora e como tal impossíveis de refrear. *A hora da estrela* é a voz, infelizmente derradeira, dessa angústia, que demorou a vir a público.

Mas aqui também havia que extrair o supérfluo. A versão final é mais linear e representa uma busca da origem germinadora das coisas.

Dentro desse âmbito meramente especulativo não havia lugar para o que, embora importante, ficaria extrínseco à unidade orgânica da obra. Outras transformações de ordem estrutural ocorrem como parte do quadro ficcional em que a autora resolveu situar a história.

Em vez de "Um monólogo com a vida", subtítulo de *Objeto gritante*, que reflete o uso do fluxo de consciência, a narradora dirige-se agora a um *ele* específico, que seria supostamente um ex-amante. O propósito dessa inovação é evidente. Dirigindo-se a um *tu* o *eu* diminui em grandeza e o particular vira universal. A voz narrativa – medida de todas as coisas – não poderia ser exclusivamente feminina.

Há que trazer para a tessitura do mundo, o homem, a outra parte do todo. Diz Clarice em *Água viva*: "Qual é o elemento primeiro? Logo teve que ser dois para haver o secreto movimento último do qual jorra leite."

Outra modificação no quadro ficcional de *Água viva*, sempre na intenção de reduzir o aspecto autobiográfico, é a substituição da profissão da narradora. Em vez de alguém que escreve, o eu é agora o de uma pintora que se inicia no ato de escrever. A intenção é a de reproduzir com a palavra aquilo que na pintura se consegue pela arte abstrata, a tentativa de captar uma realidade para além dos limites da forma.

A epígrafe do livro, que é reproduzida de um texto de Michel Seuphor – anteposto ao texto de ambas as versões –, é esclarecedora deste processo:

> Tinha que existir uma pintura totalmente livre da dependência da figura – o objeto – que, como a música, não ilustra coisa alguma, não conta uma história e não lança um mito. Tal pintura contenta-se em evocar os reinos incomunicáveis do espírito, onde o sonho se torna pensamento, onde o traço se torna existência.

Estas duas versões de *Água viva* são realmente uma só. Muito embora a autora a considerasse pronta a ser publicada, a primeira versão é realmente uma obra de transição. Ela estava ainda demasiado presa à pessoa e não a artista Clarice Lispector.

Todas as ideias importantes foram incorporadas à versão publicada. O que resta poderá vir a interessar futuros biógrafos ou poderá esclarecer aspectos da obra ficcional, cujas origens são apontadas pela escritora. O que fica do cotejo dessas duas versões e do estudo do processo de revisão implacável a que a autora submeteu o texto é a noção da importância de *Água viva* no âmbito da obra de Clarice Lispector. Os excessos temáticos e por vezes linguísticos desta primeira versão apontam para o alcance e precisão da obra tal como foi definitivamente publicada. A exemplo disso, quero recordar aquilo que Clarice Lispector nos disse ao confiar-nos o *Objeto gritante*: Gostaria ela que, ao traduzirmos o livro, não colocássemos nenhuma vírgula. Que encontrássemos a palavra precisa e que respeitássemos a pontuação. De fato, a vírgula não tem cabimento em uma narrativa que é cíclica e que anseia por penetrar no fluxo primário e universal. A palavra precisa é essencial em um livro da natureza de *Água viva*, pois é ela que capta a única possível realidade.

Aplausos.Muitos aplausos. Agradecemos com leve inclinar de cabeça.Estamos cansados e queremos dormir mas a falta de sono não deixa e ficamos nessa vigília lúcida e vazia. Acho que o futuro já começa- até já está velho. Mais aplausos. Estou ficando muito cansada. Sou capaz de voltar ao passado que é morto e portanto paz. Não. O passado existe pulula e ainda palpita. Meu cansaço é que sou pessoa muito ocupada:: tomo conta do mundo. Todos os dias olho pelo terraço para o pedaço de praia com mar e vejo que as espumas parecem mais brancas e que durante a noite as águas avançaram inquietas. Vejo isto pela marca onde que as ondas deixam na areia. Olho as amendoeiras da rua em que morrer moro. Antes de dormir tomo conta do mundo em forma de sonho e vejo se o céu da noite está estrelado e azul-marinho porque em certas noites em vez de negro o céu parece azul-marinho.~~intenso~~ Gosto de intimidades. ~~Vou contar da menina~~. Observe, o menino que tem nove anos de idade e que está vestido de trapos e magérrimo. Terá tuberculose se é que já não a tem.

No Jardim Botânico então fico exaurida. Tenho que tomar conta. com o olhar de milhares de plantas e árvores e sobretudo da majestosa vitória-régia. Ela está lá. É eu vou e olho.

Que se repare que não menciono minhas impressões emotivas: lùcidamente apenas falo de algumas das milhares de coisas e pessoas das quais tomo conta. Também não se trata de emprêgo pois dinheiro não ganho por isto. Fico apenas sabendo como é o mundo.

Se tomar conta do mundo dá muito trabalho ? Sim. Por exemplo: obriga-me a lembrar~~-me~~ do rosto terrìvelmente inexpressivo da mulher que vi na rua. Com os olhos tomo conta dos favelados en-

Clarice Lispector esconde um objeto gritante: notas sobre um projeto abandonado

Sônia Roncador

Em seu artigo "As duas versões de *Água viva*" (publicado na revista *Remate de Males*, em 1989), o professor e crítico Alexandrino Severino revela alguns aspectos curiosos do processo de composição de *Água viva* (o décimo segundo livro de Clarice Lispector, publicado em 1973). Dada a grande repercussão de *Água viva* no meio crítico e acadêmico, este artigo poderia figurar como apenas um entre vários outros ensaios sobre essa novela, não fosse pela revelação de um fato previamente desconhecido: *Água viva* é a versão final, corrigida, de um manuscrito intitulado "Objeto gritante". Como o professor Severino reconhece, este fato contraria as próprias declarações de Clarice a respeito do modo de escrita de sua novela, segundo as quais *Água viva* teria sido escrita à maneira do *free jazz*: ou seja, por improvisação. Este fato também contradiz várias resenhas críticas que reforçam semelhante ideia de *Água viva* como obra "não premeditada" ou "orgânica".

Alexandrino Severino soube da existência de "Objeto gritante" depois que Clarice entregou-lhe uma cópia deste manuscrito (na época com título diferente: "Atrás do pensamento: monólogo com a vida") para que ele o traduzisse para o inglês. Em seu artigo, o professor Alexandrino esclarece que conheceu Clarice no apartamento da escritora no Leme, Rio de Janeiro, em julho de 1971, e que a partir desta data passou a vê-la regularmente por quase dois meses para que juntos pudessem discutir os detalhes da tradução. Vale ressaltar que, segundo o professor, naquele momento Clarice estava totalmente convencida de que "Objeto gritante" era uma obra terminada, definitiva. Seu artigo mostra que Clarice a princípio queria preservar, e não modificar "Objeto gritante". Pelas inúmeras conversas que tiveram, este crítico escreve, por exemplo, que Clarice fazia questão de que "ao traduzirmos o livro, não colocássemos nenhuma vírgula. Que encontrássemos a palavra precisa e que respeitássemos a pontuação" (Severino, 1989, p. 118). Contudo, de acordo com as palavras do crítico e professor, em um ano Clarice mudara de opinião com respeito a "Objeto gritante". Em 23 de junho de 1972, ela de fato enviou-lhe uma carta comunicando da decisão de não mais publicar este manuscrito "como est[á]": "Ou não o publico ou resolvo trabalhar nele" (cit. in. Severino, 1989, p. 115).

Após a decisão de não publicar "Objeto gritante", Clarice tinha, pois, duas opções: ou revisá-lo ou abandoná-lo. Neste breve ensaio, argumento que entre ambas as alternativas Clarice de certa forma acabou optando pelas duas. Ao revisar "Objeto gritante", Clarice abandonou o programa estético que havia gerado o manuscrito e embarcou numa empresa literária totalmente diferente. Mas em que consistia o projeto de "Objeto gritante"? Que diferenças existiriam entre a escritura deste manuscrito e aquela de *Água viva*? E, talvez o mais importante, por que Clarice Lispector decidiu não publicar "Objeto gritante"? O que a teria levado a abandonar este projeto, "transformando-o" em *Água viva* (a expressão é da própria autora)?

Para que possamos entender o projeto literário de Clarice ao escrever "Objeto gritante", bem como as razões pelas quais ela nunca ousou publi-

rar dinheiro para compras. "Vou jantar fora mas peça a mamãe que guarde um pouco de jantar para mim". E quanto a mim acho certo que num lar mantenha-se aceso o fogo para o que der e vier. Casa de familia é aquela que — além de nela se manter o fogo sagrado do amor bem aceso — mantenham-se panelas no fogo. O fato é que simplesmente gostamos de comer. E sou com orgulho a mãe da casa de comidas. Além de comer conversamos muito sôbre o que aonntece no Brasil e no mundo. Conversamos sôbre que roupa é adequada para determinadas ocasiões. Somos um lar. O que me comove até as lágrimas.

Acabei agora de "comer".

Que me sinto dona de verdade um provinerad. Sinto qualquer coisa no ar. Há novidade e existe aviso. Será Simpta? Então respiro: para baixo para cima e para baixo e para cima.

A respiração tranquila. O que também me tranquiliza é que tudo existe com precisão absoluta. O que fôr do tamanho da cabeça de alfinete não transborda sequer fração de milímetro além do tamanho da cabeça de alfinete. Tudo o que existe é de grande exatidão. Pena é que a maior parte do que existe com esta exatidão nos é tècnicamente invisível. Apesar da verdade ser exata e clara em si própria. Quanto a nós só se torna vaga por ser tècnicamente invisível. O bom é que a verdade chega a nós como o sentido secreto das coisas. Terminamos confusos embora adivinhando a perfeição.

A amizade perfeita dá nisto: UMA grande amiga minha se deu ao trabalho de ir anotando em folha de papel palavra por palavra o que eu dizia em conversa de telefone. Estava escrito o que eu disse:

Eu às vezes tenho a sensação de que estou a procurar às cegas a coisa: quero continuar e sinto-me obrigada a continuar. Tenho até coragem de fazê-lo. O meu temor é de que tudo seja muito nôvo para mim e que eu talvez possa encontrar o que não quero. Eu teria esta coragem porém o preço é muito caro e eu estou can

car este manuscrito – em minha opinião, um dos projetos mais inovadores dos anos 1970 – devemos examinar os aspectos deste manuscrito que não sobreviveram ao processo de revisão do mesmo. Ou seja, aqueles aspectos (temáticos e formais) que na "transformação" de "Objeto gritante" em *Água viva* foram definitivamente eliminados. Segundo palavras da própria autora, a revisão de "Objeto gritante" consistiu em um processo de sucessivos cortes radicais, onde, ao final de quase três anos, praticamente a metade deste manuscrito havia sido eliminada (das 188 páginas originais, restaram somente 100). Na passagem de uma versão a outra, "Objeto gritante" foi, então, sensivelmente reduzido. Além disso, a autora modificou radicalmente o caráter deste texto. Em primeiro lugar, Clarice alterou o modo de enunciação de "Objeto gritante" (seu caráter autobiográfico foi substituído por um relato ficcional, onde uma artista plástica narra a sua estreia no mundo da literatura). Ainda relacionado ao caráter autobiográfico de "Objeto gritante", Clarice eliminou os elementos deste texto que indicavam as circunstâncias de produção do mesmo: elementos ou "índices" (no sentido dado ao termo pela semiótica de Peirce) do tempo e do local de produção do texto, bem como da vida pessoal da autora no momento mesmo do ato de escrever. Finalmente, no processo de edição de "Objeto gritante", Clarice abandonou o método utilizado na sua composição. "Objeto gritante" é o resultado de uma série de operações de montagem de fragmentos de diferentes gêneros (crônicas jornalísticas, textos literários já publicados, fragmentos inéditos) cujas diferenças Clarice não parece interessada em homogeneizar.

    A heterogeneidade característica da composição de suas partes internas manifesta-se também no nível da linguagem, onde a autora justapõe passagens enfáticas, sublimes, a outras que relatam, num estilo bastante coloquial, os incidentes domésticos de sua vida cotidiana como escritora. Nas palavras do crítico Roland Barthes (1995), tais práticas de justaposição produzem no nível da linguagem um efeito de "deflação" (no sentido de despotencialização, ou mesmo um rebaixamento do nível retórico de sua prosa): ou seja, a consistência, a densidade, a potência de sua prosa artística é "deflacionada" em várias sequências do texto. Em *Água viva*, no entanto, Clarice abandonou o projeto de criar um texto híbrido, composto de fragmentos de diferentes formas de escritura, eliminando assim muitas das irregularidades de tema, estilo, e tom que caracterizam a estrutura heterogênea de sua versão original.

Gostaria, então, de me deter brevemente na discussão desses aspectos formais da escritura de "Objeto gritante": a saber, seu caráter autobiográfico, sua narrativa "indicial", sua composição heterogênea, e, finalmente, seu discurso "deflacionado". Lembro que para a análise de "Objeto gritante" consultei uma das duas cópias disponíveis no arquivo pessoal e literário de Clarice Lispector na Fundação Casa de Rui Barbosa, no Rio de Janeiro – período em que realizava a pesquisa preliminar da minha tese de doutorado.[1] "Objeto gritante" é uma espécie de relato da vida pessoal de Clarice Lispector como escritora. Parte desse relato corresponde ao registro dos dias e das horas em que Clarice escreve o manuscrito: fatos que ocorrem em sua vida no momento mesmo em que está escrevendo "Objeto gritante". À moda dos diários ou cartas pessoais (ou ainda de suas crônicas), tais fatos são registrados de maneira extremamente casual (o telefone toca, um homem vem a sua casa para consertar seu toca-discos, ela fala de certa visita a um zoológico na Suíça etc.), constituindo assim uma espécie de relato antinarrativo, ou seja, sem direção ou objetivo, e desprovido de qualquer clímax ou desfecho.

"Objeto gritante" é então resultado de um desejo de Clarice de se autoexpor; nele, fatos, sentimentos, digressões que compõem sua vida diária são revelados (algumas vezes, aqueles aspectos de sua personalidade que lhe causam certo embaraço ou vergonha também são narrados). Além disso, como se para lembrar ao leitor de que aquilo que ele está lendo é fruto de uma ação concreta, situada num tempo e espaço reais, em "Objeto gritante" Clarice frequentemente refere-se às circunstâncias de produção do manuscrito. Há, por exemplo, várias referências no texto ao dia, ou até mesmo à hora exata, em que o mesmo está sendo escrito. Na página 9 do manuscrito, Clarice escreve: "Às três e meia da manhã acordei. E logo elástica pulei da cama. Vim escrever. Quer dizer: ser. Agora são cinco e meia da manhã. De nada tenho vontade: estou pura. Mas o Dia das Mães foi anteontem e fiquei muito feliz..." (Lispector, "OG", p. 9). Referências como esta produzem um raro efeito de articular o texto ao ambiente externo em que ele é produzido, como se uma porção da realidade externa subitamente irrompesse no espaço representacional, ou simbólico, da linguagem.

O tipo de relato autobiográfico que define "Objeto gritante" tem a forma de um livro-colagem, onde Clarice compõe sua obra a partir de fragmentos de romances já publicados, crônicas e alguns textos inéditos. Entretanto, seguindo o modelo da montagem, Clarice não organiza esse material heterogêneo em torno de um tema e/ou forma definidos, mas, ao contrário, combina os diferentes fragmentos em justaposição paratática. "Objeto gritante" é fragmentado num sentido completamente diferente do que este termo recebe quando na descrição de outras obras de sua autoria. *A paixão segundo G. H.* (1964), por exemplo, retém dos relatos mais clássicos a unidade de ação, estilo e tom. Em uma entrevista pouco depois de concluir "Objeto gritante" (entrevista esta que inspirou o título deste breve ensaio: "Clarice Lispector esconde um objeto gritante", publicada no *Correio da Manhã*, em 5 de março de 1972), Clarice diz que seu livro "será muito criticado. Ele não é conto, nem romance, nem biografia, nem tampouco livro de viagens... Sabe, 'Objeto gritante' é uma pessoa falando o tempo todo..." (Lispector, s.p.).

Ao associar a forma de "Objeto gritante" àquela de uma fala ou conversa informal, Clarice ressalta a falta de unidade interna em seu livro. Além disso, dadas as afinidades de "Objeto gritante" a uma conversa informal, esse manuscrito escapa às convenções de gêneros narrativos, tais como o conto, o romance, ou a biografia. A falta de unidade entre as partes internas de "Objeto gritante" levou, por exemplo, o crítico José Américo Pessanha a mencionar, em carta endereçada a Clarice Lispector, a sua "impressão de bricolagem". Ele observa que, ao contrário de suas obras anteriores, em "Objeto gritante" Clarice não tem problema em misturar passagens de diferentes "níveis" de tema e estilo: que ela fala, por exemplo, "de Deus e de qualquer coisa, sem selecionar tema, e sem rebuscar forma" (Arquivo de Clarice Lispector, Fundação Casa de Rui Barbosa). Pelo exemplo oferecido por Pessanha, inferimos que ele se refere à seguinte passagem de "Objeto gritante":

> Noto que há muito não chamo o "Deus" de Simptar e não me chamo de Amptala. Que Simptar nunca deixe faltar comida a Amptala. Comida, comida e comida. Não sei como são as outras casas de família. Na minha todos falam de comida. "Este queijo é meu"... "Esta carne ficou salgada demais." "Estou com fome porém se você comprar pimenta eu como"... Em matéria de comida estou com empregada nova – a outra se casa hoje e vou ao casamento... (Lispector, "OG", p. 70).

Passagens como esta aparecem com grande frequência em "Objeto gritante", onde temas recorrentes na literatura de Clarice Lispector se justapõem aos fatos triviais do dia a dia (ou àqueles que normalmente servem de tema para suas crônicas). "Objeto gritante" é composto de tal forma que o trivial e o sagrado, ou o coloquial e o sublime coexistem numa mesma passagem. Em "Objeto gritante", tal heterogeneidade se manifesta igualmente no nível da linguagem: em outras palavras, a inclusão de certos fatos acidentais nos momentos sublimes do livro provoca uma "deflação" (Roland Barthes) de sua prosa ou estilo. Por exemplo, na página 79, Clarice inclui um breve texto, "Da natureza de um impulso ou entre os números um ou computador eletrônico", publicado pela primeira vez em sua coluna semanal do *Jornal do Brasil*, em 29 de novembro de 1969. Trata-se, em minha opinião, de um dos fragmentos mais enigmáticos já escritos por Clarice. Nesse texto, uma mulher, em meio a seus afazeres domésticos, cai subitamente em uma espécie de "estado de graça" e atinge a percepção de um dos níveis mais profundos da existência, caracterizado por Clarice

pode porque as palavras não viriam. Não ser o que realmente se
é - e não se sabe o que realmente se é - só se sabe que não se
está sendo. E então vem o desamparo de estar vivo. Estou falan
do da angústia e do "mal". Porque certa angústia faz parte: por
ser vivo, o que é vivo por força se contrai.

— Que é que eu faço com a angústia ? Não estou aguentando
viver. A vida é tão curta e não estou aguentando viver.

— Não sei. Sinto o mesmo. Mas há coisas. Há muitas coisas.
Há um ponto em que o desespero é luz e amor.

— E depois ?

— Depois vem a Natureza.

— Você está chamando a Natureza de Natureza ?

— Não. Estou chamando a natureza de Natureza.

— Será que todas as vidas foram isto ?

— Acho que foram.

Entre parênteses: a luz é inefável e a escuridão é inefável.
Que Natureza é esta ? Exemplo: a menstruação espanta-me.
Por que todo mês em data certa ? Por que nove meses de gravidez?
Por que exatamente nove ?

Mas eu não fico só fazendo peguntas à Natureza. Eu também
durmo e como durmo. Quem me lê pensa que só vivo insone. Mas
não é verdade. Durmo também. Quero uma vida pacata e sem emoções.
Quero dormir e comer em hora certa de fome. Assim eu me protejo.
Mas como me proteger contra os domingos ? Ontem que foi domingo
felizmente passou. Domingo é ôco e tem paredes de crise de dor.
Mandarei embora Severina: ela é ôca demais. Não tive coragem de
ir levá-la a ver o mar: temia sentir por ela o que ela não sentis
se. É nordestina e é ôca de tanto sofrimento. Lembra o couro cru

como um "impulso atonal". No entanto, em "Objeto gritante", o fragmento em questão é seguido de um pequeno trecho cujos termos subvertem o tom circunspecto de todo o relato:

> O fato que a fez suspirar e em que ela se transformou era o de ser uma mulher com uma vassoura na mão. Passou de atonal para tonal. Sobrou-lhe de tudo isto – como na boca um gosto – a sensação atonal do contato atonal com o impulso atonal. Recuso-me a continuar: está chato demais. Está ficando insuportável. Pularei o resto. Graças a Deus o telefone tocou e interrompeu-me.

Tendo escrito algumas das obras mais refinadas da língua portuguesa, em "Objeto gritante" Clarice Lispector, no entanto, optou pelo caminho da não elegância. Ao violar certos protocolos artísticos e ao incorporar em "Objeto gritante" termos (como os acima citados) que para vários críticos e escritores de sua geração eram um "afrontamento" ao decoro literário e moral, Clarice questiona a instituição da literatura (segundo os critérios dos críticos de sua época) e, em particular, sua própria obra. Além disso, o conteúdo autobiográfico de "Objeto gritante", bem como a inclusão nesse texto dos vestígios das circunstâncias externas de sua produção problematizam outros pressupostos artísticos de sua geração, como, por exemplo, o ideal de sublimação ou distanciamento do autor em relação a sua obra. Nesse sentido, não é de se surpreender que nas páginas conclusivas de "Objeto gritante", mais precisamente na página 185 do manuscrito, a autora fale explicitamente de suas intenções "antiliterárias", e também dos possíveis ataques críticos que este manuscrito sofreria caso fosse publicado: "O instante-já de agora é uma coisa que vou dizer: que todas as vidas são heroicas. Eu também sou heroica. Aliás é só por heroísmo também que publico este livro que vai ser vaiado e cujas intenções de antiliteratura serão captadas por poucos" (Lispector, "OG", p. 185).

"Objeto gritante" é, então, o registro de um momento crucial na trajetória artística de Clarice – momento este em que a autora não só decide "abandonar" o modo de escritura que até então caracterizara a sua literatura, como também questionar certos valores artísticos que seguramente grande parte da crítica contemporânea a "Objeto gritante" defendia. Contudo, ao revisar essa obra, Clarice abandona o projeto de uma escrita, por assim dizer, "antiestética", e opta pela criação de uma empresa literária, *Água viva*, mais coerente com suas obras anteriores. O meu interesse em examinar "Objeto gritante" coincide com o projeto de vários outros críticos interessados em estudar os escritos de Clarice que foram excluídos do conjunto total de sua obra – suas coletâneas de contos e crônicas, publicadas em meados dos anos 1970, suas crônicas jornalísticas, suas obras póstumas. Refiro-me sobretudo aos estudos feministas de sua obra que questionam os pressupostos artísticos acima descritos e revalorizam temas, gêneros e formas narrativas marginalizados por critérios patriarcais de definição do cânone literário.

Em seus comentários sobre "Objeto gritante", expressos em carta já mencionada, Pessanha parece desaprovar os procedimentos aplicados na composição desse manuscrito. Segundo ele, ao compor "Objeto gritante" Clarice deixa de ser uma escritora para "ser *apenas mulher*-que-escreve-o-que-(pré)pensa-ou-pensa-sentindo" (ênfase minha; Arquivo de Clarice Lispector); em outras palavras, Clarice deixa de escrever "verdadeiramente", e embarca numa atividade não mais literária: a de registrar, "sem selecionar tema e sem rebuscar forma", os fatos de sua vida privada. Entre a opção de escrever "verdadeiramente", sublimando, para tanto, as marcas de sua vida pessoal (entre elas, obviamente, as de gênero) e a opção de justamente subverter esse tipo de escrita, Clarice, ao que parece, decide pela segunda. O mérito de sua decisão depende, obviamente, do ponto de vista de cada um.

NOTA:

1. Tese publicada com o título *Poéticas do empobrecimento* (Annablume, 2002). Quando escrevi este artigo, desconhecia a versão de "Objeto gritante" que Clarice Lispector entregara ao professor Alexandrino Severino para tradução para o inglês. Esta foi recentemente doada à biblioteca da Universidade de Vanderbilt, nos Estados Unidos.

REFERÊNCIAS BIBLIOGRÁFICAS

BARTHES, Roland. *Oeuvres complètes*. Vols. 1, 2 e 3. Paris: Seuil, 1995.

LISPECTOR, Clarice. Entrevista com Germana de Lamare. "Clarice Lispector esconde um objeto gritante". *Correio da Manhã* (Rio de Janeiro), 6 de março de 1972, s.p.

_____. Arquivo de Clarice Lispector. Arquivo – Museu de Literatura da Fundação Casa de Rui Barbosa, Rio de Janeiro.

PESSANHA, José Américo Motta. Arquivo de Clarice Lispector. Arquivo – Museu de Literatura da Fundação Casa de Rui Barbosa, Rio de Janeiro.

SEVERINO, Alexandrino E. "As duas versões de *Água viva*". *Remate de Males* 9: 115-18, 1989.

~~O é da criança.~~ ~~Isto porque o povo já tem dado mostras de ter~~
~~maior maturidade política do que a grande maioria dos políticos.~~
~~É é quem um dia terminará liderando os líderes.~~ Daqui a vinte e
cinco ano o povo terá falado ~~muito mais~~.

Abro parênteses: o interesse pelas coisas é inefável.

Continuo o que ia dizendo. É que se não sei prever posso pelo menos desejar. Posso intensamente querer que o problema mais urgente se resolva: o da fome. Muitíssimo mais depressa porém do que em vinte-e-cinco anos porque não se pode esperar: milhares de pessoas são verdadeiros moribundos ambulantes que tecnicamente deviam estar internados em hospitais para subnutridos. Tal a miséria que se justificaria decreto de estado de prontidão como diante de calamidade pública. Só que é pior: a fome é a nossa endemia e já está fazendo parte orgânica do corpo e do espírito. Quando se descrevem as características físicas e morais e mentais das pessoas não se nota que na verdade se estão descrevendo sinto mas físicos e morais e mentais da fome. Os [riscado]

[linhas riscadas]

Você está descansado? Por favor então se concentre porque escreverei coisa difícil de [riscado] expressar. Ou então pule o trecho tran qüilamente. Por que eu mesma não [riscado] pulo? [riscado] esqueço? [riscado] porque me ocor reu com naturalidade e precisão. Começo com um "ela. É assim:

— Não era nada mais que um impulso. Para ser mais precisa: era impulso apenas e não "um" impulso. Não se pode dizer que este im‐ pulso mantinha o "ela" porque manter lembraria um "estado" e não se poderia falar em estado quando o impulso o que fazia era conti‐ nuamente levá-la. É claro que por hábito de chegar ela fazia com

Objeto gritante, uma confissão antiliterária
Ana Claudia Abrantes

O mais importante nesse assunto é a sedução dos manuscritos: a letra dos escritores que admiramos, os riscos de sua hesitação, tão humana, seus rastros... tudo aquilo que nos aproxima em nossa passagem sobre a Terra, autores e leitores, num intervalo de tempo curto ou vasto.

Não será assim por muito tempo se ficcionistas/poetas continuarem a ter boa vontade com as telas. Outros registros da presença da autoria surgirão. O manuscrito é anacrônico, como relógios de parede Sveglia. E acho bom.

Por acaso, agora são 16:32 na tela do meu computador, mas poderiam ser 23:29 também. Pensando em horas ou circunstâncias, no horário comercial em dias úteis, se a leitora ou o leitor solicitar o "Manuscrito de *Água viva*" para consulta na Fundação Casa de Rui Barbosa (FCRB), no Rio de Janeiro, precisará esperar um pouco na sala de leitura; ele virá. Duas versões datilografadas estão disponíveis (1. original/datiloscrito 2. cópia xérox) e há ainda uma cópia digitalizada da versão 1. original/datiloscrito. Dos materiais físicos, a chamada cópia xérox tem o total de 185 páginas, com poucos acréscimos a tinta; já o original/datiloscrito possui 188 páginas datilografadas e é prolífico em anotações feitas à mão pela autora, no rodapé ou no alto das folhas, no verso... Na busca pelo "Manuscrito de *Água viva*", aconselho escolher a versão que é chamada "original" pela Fundação. Não é exatamente um *manuscrito* apenas, visto que datilografado, e também apresenta rasuras à caneta, inclusões com a grafia de Clarice, rabiscos: o assim chamado datiloscrito. A opção pelo datiloscrito para leitura e pesquisa parece-me a mais apropriada para quem deseja conhecer o projeto *Objeto gritante* e não somente o publicado e aclamado *Água viva*.[1] Além disso, ali, no "original", é possível acompanhar parte do processo de produção enquanto ocorria: escrita, rasura, inclusões, uma rica marginália, indicando avanços e arrependimentos.

O texto datilografado do "original" se organiza em combinação aleatória de trechos, algumas partes que, por seu conteúdo ou linguagem, têm sido consideradas como sublimes, e outras que vêm sendo tratadas como dessublimes. Tais se alternam sem hierarquia de uma sobre a outra; ao contrário, se alimentam mutuamente.[2] Sobre os níveis de formalidade, mesclam-se também os tons da linguagem, que por vezes parece nascida da "ponta dos dedos"[3] e no entanto comunica à flor da pele, em expressões ou construções afins às crônicas claricenas, mas em forma de livro... Quanto aos assuntos, a narradora de *Objeto gritante*, que ainda não foi completamente ficcionalizada na pintora de *Água viva*, narra tanto as experiências profundas da existência, em que somente morrendo é possível renascer, quanto menciona ações da higiene pessoal e comenta amiúde a interrupção do processo criativo para atender o telefone ou para tomar uma comezinha xícara de café.

Eis as interferências do ambiente na arte. Tal como os barulhos e o movimento da casa permeando o texto, a coxia invadindo o palco, o estado do cavalete ou do pintor e a luz incidental no resultado de uma tela. Em se tratando do manuscrito, os obstáculos de interrupção momentânea, as críticas proferidas em relação ao seu projeto... tudo o que se relaciona ao processo criativo de *Objeto gritante* está dentro de *Objeto gritante*: "Queria que alguém tivesse escrito um livro nos moldes desta carta-livro feita de flashes dos instantes para eu não me sentir sozinha na captação do presente." (*Objeto gritante*, p.185 – datiloscrito)[4]

Assim, também as reflexões que *Objeto gritante* suscitou no crítico a quem Clarice Lispector o apresentou e, por consequência, nela mesma foram absorvidas para a superfície do texto. Considerando esse movimento metalinguístico de *Objeto gritante* é que as observações da narradora sobre o conteúdo avesso à literatura e avesso à canonização do livro merecem o destaque dado pela própria: "Vamos falar a verdade: isto aqui não é livro coisa nenhuma. Isto é apenas. E interessa-me o mistério." (*Objeto gritante*, p. 86 – datiloscrito)

O projeto do livro *Objeto gritante* não é uma pedra, mas ainda hoje nele esbarramos à procura de respostas, se existirem, ou com a leve surpresa de ver mais entrelinhas nos modos de compor clariceano. Quanto aos motivos de sua origem, tudo indica ter nascido do incômodo da artista e o incômodo da crítica e do público ele enfrentou ou quem sabe enfrenta. Resta saber... o que Clarice Lispector queria compor ao criar um texto que, na forma de livro, conforme defendeu Sônia Roncador, seria, então, uma obra ímpar no conjunto de seus textos produzidos até aquele momento?

O período de escrita e reescrita de *Objeto gritante* foi aproximadamente durante os primeiros anos da década de 1970. Até então, a obra de Clarice Lispector havia recebido a valorização da crítica, embora a mesma a entendesse como singular e se bem que mantidas as restrições quanto às dificuldades de publicar alguns de seus livros. No entanto, muitas estudiosas e estudiosos identificam que, a partir de fins dos anos 1960 e começo dos 1970, houve mudanças na produção clariceana que igualmente alteraram a maneira de ver seus textos respectivos. Alguns dos livros desse período foram, à época, menos valorizados como material de análise pelos críticos interessados por sua obra.

Vilma Arêas, Marta Peixoto e Sônia Roncador foram três entre outros pesquisadores a se debruçarem sobre o modo de produção clariceano, mais exatamente referente ao período supracitado, denominado de ficção tardia. Um ponto em comum nas postulações das estudiosas foi a constatação de que novas formas da escrita clariceana, praticadas nas crônicas, teriam deslizado para os livros e enfim para toda a produção posterior.

A autora colaborou para muitos jornais e revistas antes, mas foi entre 1967 e 1973 que ela passou a exercer a função de colunista no *Jornal do Brasil*, portanto passou a produzir mais assiduamente no periódico. O exercício semanal das crônicas, gênero naturalmente híbrido e de proximidade entre leitor e produtor, teria possibilitado a manifestação dos assuntos mais corriqueiros sendo matéria-prima da criação, a inserção de dados verificáveis no interior do literário, o tom mais coloquial na seleção vocabular, a recorrência a trechos já publicados em outros contextos e então reutilizados, e por isso o emprego de passagens não sequenciais ou de diferentes origens, que se apresentavam justapostas.

Tais características praticadas pela cronista refletem e abraçam o inacabado e/ou o não sublime,[5] que se desenvolveram no manuscrito, mas já se anunciavam desde a folha de rosto de *Objeto gritante*. Nessa espécie de cartão de apresentação do manuscrito, leem-se observações (rabiscadas com X) com a letra inconfundível da autora na intenção também inconfundível: "Se você considerar isto aqui mais do que carta, fique ciente de que se trata de um antilivro." A segunda inscrição da autora na mesma folha, no canto direito, resume: "Este é um antilivro."

Ou seja, já no programa estético de texto a autora mostrava o desejo de questionar alguns estatutos canônicos considerados como tais inclusive no conjunto da própria obra: livro, recursos literários, papel do artista. Em *Objeto gritante*, num exercício dos contrários, a autora propôs os antônimos como resposta: outros recursos "não" ou "paraliterários" serão aqui respeitados; celebremos o instante da criação, isto é, o artista não se alimenta só do transcendente como resultado, mas de todo processo cotidiano ou vulgar que leva à realização, de toda palavra que pode sair da boca das mulheres e dos homens comuns e também da boca sublime do deus. O mesmo deus que também ama os ratos mortos na calçada.

Uma característica evidente de *Objeto gritante* é que se trata de uma obra com traços autobiográficos, ainda que escorregadios.[6] O primeiro crítico a analisar o manuscrito foi José Américo Motta Pessanha, que identificou tal aspecto com facilidade. Apesar de atencioso, Pessanha foi negativo quanto à possível publicação de *Objeto gritante* do modo como se encontrava. Sua discordância abrangia desde a mistura de tonalidades temáticas, passando pelos níveis de formalidade consequentemente dissonantes entre si até se centrar no incômodo provocado pela presença de um eu "vivencial". Tudo o que ele disse sobre os aspectos do *Objeto* já era ou sabido ou intuído pela autora, que, por meio de uma narradora reflexiva e também com interesses cotidianos, deixava variados índices à mostra sobre a característica autobiográfica e dúbia mais apontada. Bem, mas o fato é que suas considerações lançaram tentativas de esclarecimentos ou solicitações de esclarecimentos sobre uma autora e sua obra que por si já jogavam o jogo da autoexplicação. E assim as observações de Pessanha foram absorvidas para dentro de *Objeto gritante*.

Então, entre tantas alterações aplicadas ao projeto, uma delas foi a inclusão de subtítulos com intenção esclarecedora.[7] A fim de aplacar a possível hostilidade da crítica, acrescentaram-se, alternadamente e sem ordem identificável, os subtítulos titubeantes "Monólogo com a vida" ou "Uma pessoa falando" e ainda "Carta ao mar". Mas o que explicam? Quase nada... O certo é que sua inserção provoca o engendramento de um modo de ler a obra. Para – esperava-se – uma melhor receptividade da crítica e do público. Com o apoio dos subtítulos, parecia se estabelecer a expectativa de um texto não ficcional e que além disso carregava os vestígios autobiográficos ambíguos dos trechos que, hoje se compreende mais amplamente, eram flutuantes, também constantes nas crônicas do *Jornal do Brasil*.

"Meu profundo anonimato nunca ninguém tocou." Esse trecho acrescido com as letras da própria autora em *Objeto gritante* (topo da página 8 do datiloscrito) demonstra o sujeito híbrido na escrita e a relacionada inviabilidade de identidade absoluta entre autor(a)/narrador(a)/personagem. A narradora clariceana – reitere-se que não só no manuscrito, como em muitas de suas obras ficcionais – ratifica que parece se expor, mas que na verdade não o faz. Trata-se de mais uma estratégia, no caso a de flexibilização autobiográfica, um recurso literário que foi bastante praticado na ficção tardia clariceana.

Uma vez que a vida factual é matéria-prima do literário no manuscrito, o suposto desnudamento do eu termina por ser um artifício para propiciar um terreno, um espaço para exercer, em livro, as novas formas de escrita que Clarice começava a praticar. Desse modo, a matéria de vida alça esse eu à sua medida útil de desimportância.

Em *Objeto gritante,* ainda que forjado no momento da escrita, o eu está dissolvido no tempo, em fragmentos dispersos, e não se aprofunda na dita revelação das experiências, a não ser nos episódios, que se mantêm misteriosos, profundos, de morte e nascimento, interior e placenta. É um eu de pessoas comuns e associa seus assuntos simples aos momentos aparentemente sublimes, sem tirar disso um efeito de conduta exemplar. Mas o texto de *Objeto gritante*, este sim, soergue-se como ato de destaque por acentuar o contraste em relação à produção clariceana até então, logo realçando abertamente na escrita o estilo destoante, logo demonstrando as próprias linguagem e temática dissonantes. Tal ato, que se presume confessional, em *Objeto gritante* se revela confessional no que concerne aos modos de compor a própria obra, não especialmente no tocante à personalidade ou à experiência da autora.

A aparentemente desavergonhada ação de se mostrar/esconder/mostrar traduz-se como uma atitude de jogar limpo, apresentando as costuras e falhas da composição da obra, a lítero-lúdica ausência de técnica proposital; o eu a priori sem maior mérito sendo enfim o porta-voz da ficção tardia presente no manuscrito, e o projeto de *Objeto gritante* se construindo no instante de produção como ação de confissão *sobre a escrita clariceana* daquele momento; portanto, no caso do manuscrito, uma confissão antes de mais nada antiliterária:

> Aliás é só por heroísmo também que publico este livro que vai ser vaiado e cujas intenções de antiliteratura serão captadas por poucos. (*Objeto gritante*, p. 185 – datiloscrito)

A leitora/o leitor de *Objeto gritante* frui e sofre o atravessamento provavelmente vivenciado por Clarice Lispector, quando se debatia para produzi-lo destoante como nascia e se achava, com circunstâncias externas e supostamente vivenciais incluídas no corpo e no espírito do texto, mas também aproveita o resultado, no manuscrito, desse trabalho incansável de escrever, rasurar, reescrever, tornar a riscar, reescrever novamente. O trabalho de destoar e arriscar, que, entre outros aspectos, culminou na heterogeneidade marcante e assumida, nas formas de composição declaradas como antiliterárias, em um projeto autodeclarado de antilivro. Todo um conjunto que colocava em questão também o papel da própria artista:

> Tenho certo medo de mim. Não sou de confiança. E desconfio do meu falso poder. Este é o livro de quem não pode. Não dirijo nada. Nem as minhas próprias palavras. (*Objeto gritante*, p. 7 – datiloscrito)[8]

No entanto, ao contrário do que cita o trecho acima, o manuscrito se apresenta recorrentemente bem guiado. A folha de rosto, as epígrafes,[9] as estratégias repetidas e explícitas de produção revelam uma direção quase transparente no tocante aos expedientes utilizados.

Enfim, sobre o manuscrito, seja internamente, seja na comparação com o que Clarice Lispector havia produzido até então, *Objeto gritante* não pretende ainda ter postura para a ocasião. Por não se comportar, por trazer à tona alguns incômodos da escrita clariceana da década de 1970, naqueles anos de sua elaboração seguida de arquivamento para depois, o manuscrito nunca publicado constituiu-se em um contundente questionamento, na intentada forma de livro, sobre o papel da escrita e inclusive da(o) artista. Foi um grito guardado em páginas pungentes, uma confissão antiliterária, um manifesto "em se construindo" de descompostura.

NOTAS:

1. *Água viva* não costuma chegar a ter 100 páginas, conforme a edição, o que indica consideráveis cortes e demais alterações, demonstrando que o projeto do manuscrito e o de *Água viva* se constituíram de modos bastante diferentes, conforme defendeu Sônia Roncador em *Poéticas do empobrecimento – a escrita derradeira de Clarice*.

2. Américo Pessanha chamou "bolha de criação artística" à elaboração de uma trama ficcional até determinado ponto e seu sucessivo rompimento com a reminiscência de fatos concretos, no manuscrito. A narradora, em alguns momentos, esclarece que essas alternâncias ventilam a densidade de alguns trechos.

3. Vilma Arêas utilizou essa expressão da própria escritora para tratar da literatura supostamente mais "fácil", sob encomenda e sob outras circunstâncias exteriores, relacionável à ficção tardia. A pesquisadora viu elementos de continuidade entre essa produção da ponta dos dedos e todo o restante da obra clariceana.

4. Tais expressões com tipo diferente apresentam-se na margem do datiloscrito indicadas por setas e com a grafia da autora. Aqui representei simulando escrita cursiva, para melhor visualização do que foi incluído na grafia de Lispector. O procedimento se repetirá neste ensaio quando ocorrer a mesma situação.

5. Segundo Vilma Arêas, o desejo de acolher o feio ou inconcluso teria figurado na literatura clariceana já nas primeiras obras, como no exemplo das formas grotescas dos bonecos de barro modelados em *O lustre*, mas foi com as novas estratégias da ficção tardia que tal desejo teria extravasado.

6. Na coletânea *A descoberta do mundo*, a leitora/ o leitor pode ter acesso a crônicas que Clarice Lispector escrevia no *JB*. Desde esse período, a cronista distribuía indicações de que, nas presumidas revelações autobiográficas, existe a máscara sobre o sujeito que se enuncia. Isso ocorre na crônica "Persona", de 2 de março de 1968; em "Fernando Pessoa me ajudando", de 21 de setembro do mesmo ano e em muitas outras ao longo dos dias e dos anos de produção no periódico.

7. Muitas outras alterações se fizeram em *Objeto gritante*, como substituições e cortes, conforme o objetivo. As alusões à localização geográfica (Nápoles, Minas Gerais, Suíça) são substituídas por referências genéricas como "uma rua", "uma calçada" ou por zero simplesmente. Menções a pessoas do universo pessoal como o pai, as irmãs, uma amiga são substituídas em maioria absoluta por forçados "um ele", "um ela". E outras alterações não são possíveis de mencionar aqui devido à grande quantidade.

Inicialmente, a intenção era delinear um pacto ambíguo de leitura e também promover a não classificação por gênero. Já havia tais marcas de ambiguidade/plurivalência na cópia xérox, mas foram intensificadas no datiloscrito.

8. O trecho se apresenta em *Água viva*, com a substituição de "livro" por "palavra": "Tenho certo medo de mim, não sou de confiança e desconfio do meu falso poder. Esta é a palavra de quem não pode. Não dirijo nada. Nem as minhas próprias palavras..."(LISPECTOR, 1994, p. 38).

9. As epígrafes revelam princípios norteadores do manuscrito: tratam do acaso na criação, da arte capaz de apontar as próprias máscaras, da pintura que não lança um mito, da ausência de técnica. Vale a pena conferir a folha de epígrafes. Somente a que trata da pintura se manteve em *Água viva*.

REFERÊNCIAS BIBLIOGRÁFICAS

ARÊAS, Vilma. *Clarice Lispector com a ponta dos dedos*. São Paulo: Companhia das Letras, 2005.

LISPECTOR, Clarice. *Água viva*. 13. ed. Rio de Janeiro: Francisco Alves, 1994.

_____. *A descoberta do mundo*. Rio de Janeiro: Rocco, 1999.

_____. Arquivo de Clarice Lispector. Arquivo – Museu de Literatura da Fundação Casa de Rui Barbosa, Rio de Janeiro.

PEIXOTO, Marta. *Ficções apaixonadas:* gênero, narrativa e violência em Clarice Lispector. Trad. Maria Luiza X. de A. Borges. Rio de Janeiro: Vieira & Lent, 2004.

PESSANHA, José Américo Motta. Arquivo de Clarice Lispector. Arquivo – Museu de Literatura da Fundação Casa de Rui Barbosa, Rio de Janeiro.

ROCHA, Fátima. *Clarice Lispector cronista*: entre o autobiográfico e o ficcional. In:_____. *Cenas do discurso:* deslocamentos e transformações. Rio de Janeiro: 7Letras, 2006.

RONCADOR, Sônia. *Poéticas do empobrecimento* – a escrita derradeira de Clarice. São Paulo: Annablume, 2002.

enredar no emaranhado de minha letra. Por assim dizer provoca meu pensamento-sentimento. E ajuda-me como a uma pessoa. E não me sinto mecanizada por usar máquina. Inclusive parece captar sutilezas. Através dela sai logo impresso o que escrevo e isto me torna mais objetiva. O ruído baixo de seu teclado acompanha discretamente a solidão de quem escreve. Eu gostaria de dar um presente à minha máquina. Mas o que se pode dar a uma coisa que modestamente se mantém como coisa e sem nenhuma pretensão de se tornar humana ? Esta tendência atual de elogiar as pessoas dizendo que são "muito humanas" está me cansando. Em geral está querendo dizer "sensível" ou "afável" e algum te "humano" está querendo dizer "sensível" ou "afável" e alguma vezes meloso. E é isto tudo o que a máquina não tem. Nem sequer a vontade de tornar-se um robô eu sinto nela. Mantem-se na

quitetura. Com empatia. Eu sou à esquerda de quem entra. Tenho as vantagens e o prejuizos dos que são à esquerda. A voz trans formada em côr: êste é o futuro. Quero resposta. Resposta é o futuro. Isto tudo é absurdo. E no centro da estética está a dinâmica do sonho. Peço para dizer que a instrução é inefável. Espera é inefável. O número 7 é vermelho-escarlate. A intuição é inefável. Sou um exemplo isolado ? Não, porque existe você. Este é livro e se pode ler de trás por diante ou aberto em qualquer página. Apesar de fluir de mim existem estações interplanetárias de reabastecimento. O tic-tac do relógio impressiona-me . E às vezes minha inteligência choca-se com o bruto e áspero da ... Nada há a fazer. Falta-me moldura que é a estrutura para meu quadro de vida. Sou um produto industrial ? Geograficamente falando eu estou numa saleta que é

Água viva: antilivro, gravura ou show encantado
Teresa Montero

Quando *Água viva* (1973) chegou às livrarias, Clarice Lispector já tinha publicado 11 livros. Aclamada pela crítica, amada por seus leitores e acolhida com altos e baixos pelo mercado editorial, o processo de criação dessa obra e a sua publicação representaram uma espécie de divisor de águas em um período de muitos desafios no seu cotidiano e em sua trajetória literária.

Para mostrar como isso se deu, aponto alguns aspectos do "momento *Água viva*" e destaco especialmente dois: a parceria com uma nova editora a partir de 1973, a Artenova, que publicou as obras de Clarice até 1975; e o diálogo artístico com sua comadre, a artista plástica Maria Bonomi.

É preciso traçar uma linha do tempo para entender como o mercado editorial acolhera a sua obra. A Sabiá, de seus amigos-escritores Fernando Sabino e Rubem Braga, tinha publicado cinco livros até 1971; o último, o romance inédito *Uma aprendizagem ou o livro dos prazeres* (1969), premiado com o Golfinho de Ouro, concedido pelo Museu da Imagem e do Som. Em 1973, a editora foi vendida para a José Olympio.

Quando a Artenova entrou na vida de Clarice, no início dos anos 1970, ela colaborava intensamente na imprensa. As crônicas no *Jornal do Brasil*, onde assinou uma coluna semanal entre 1967-1973, foram reproduzidas no *Correio do Povo*, de Porto Alegre, de abril de 1969 a fevereiro de 1971.

Os caminhos pela imprensa vinham de longa data, a Clarice repórter antecedeu a Clarice romancista, a diferença era que agora ela exercitava a faceta de cronista, conforme relatou em uma carta ao filho Paulo:

> As crônicas do *Jornal do Brasil* não me preocupam porque tenho um punhado delas, é só escolher uma e pronto. Além do mais eu pretendo me "plagiar": publicar coisas do livro *A legião estrangeira*, livro que quase não foi vendido porque saiu quase ao mesmo tempo que o romance, e preferiram este. Talvez eu receba em breve um pequeno aumento no jornal.[1]

O período do *JB* corre paralelo à escrita de *Água viva* num momento de grande mudança após o incêndio que Clarice sofrera em seu quarto, em setembro de 1966, quando fez algumas cirurgias para realizar enxertos e um tratamento fisioterápico para recuperar os movimentos da mão direita. As amigas observaram mudanças no seu temperamento. Ela tornou-se mais introspectiva, "mudou muito após o acidente, alguns anos depois ela falava cada vez menos", observou Nélida Piñon.[2] Maria Bonomi acha que ela tornou-se mais urgente: "A visão dela da própria mão. O problema da mão era ela ver a mão (...) Ela falava muito sobre a mão. Ela ficou mais essencial."[3]

A lembrança desse episódio doloroso sublinha um aspecto bem captado por Bonomi: "ela ficou mais essencial." Em se tratando de uma escritora cuja busca das origens, da essência, sempre norteou sua obra, não cabe minimizar a repercussão dessa experiência em sua vida. A dor foi transformada em trabalho. Clarice escreveu *Uma aprendizagem* e, em seguida, *Atrás do pensamento: Monólogo com a vida*, como relatou o professor Alexandrino Severino que a conheceu no apartamento da Gustavo Sampaio, no Leme, em 12 de julho de 1971. "Ela havia acabado de escrever esse livro. (...) A gestação final dessa primeira versão, muito mais extensa que a atual, ocorrera naquela mesma manhã."[4] Clarice confiou-lhe os originais para serem traduzidos para o inglês.

Uma pergunta se impõe diante do gesto de Clarice. Por que oferecer *Atrás do pensamento* a um editor estrangeiro se a Sabiá publicava as suas obras?

Segundo Alexandrino Severino, no ano seguinte Clarice respondeu a sua indagação em carta datada de 23 de junho de 1972: "Quanto ao livro, interrompi-o porque achei que não estava atingindo o que eu queria atingir. Não posso publicá-lo como está. Ou não o publico ou resolvo trabalhar nele. Talvez daqui a uns meses eu trabalhe no *Objeto gritante*."[5]

Em 5 de março do mesmo ano, o filósofo e crítico literário José Américo Pessanha escreveu a Clarice relatando suas impressões sobre *Objeto gritante*; aconselhou-a a não publicá-lo como estava: "é claro que um leitor que não tenha lido seus livros anteriores não poderá ter ideia – só através do *Objeto gritante* – do que você é como escritora."[6] Portanto, três meses antes da carta a Severino, Clarice teve o parecer de alguém em quem confiava e provavelmente isso pode ter influenciado em sua decisão de interromper o livro.

Ela também recorreu à amiga Nélida Piñon, que leu várias vezes os originais de *Água viva*. Nélida recorda-se: "No primeiro projeto, a personagem era uma escritora. Ela ficou com receio que pudessem imaginar que era um depoimento pessoal. Então, ela mudou a personagem. Passou a ser uma pintora." As sugestões de Nélida restringiram-se a fazer cortes de repetições, isto é, as anotações do papel que Clarice punha no texto: "Ela repetia textos, esquecia de eliminar os papéis, por isso, às vezes, os textos apareciam mais de uma vez."[7]

A amiga Olga Borelli acompanhou de perto a composição de *Água viva*. Ela conhecera Clarice em dezembro de 1970 e, desde então, passou a ser uma presença constante em sua vida, inclusive ajudando-a a datilografar seus textos. Ao constatar o desânimo de Clarice para estruturar uma grande quantidade de fragmentos, "as anotações das inspirações", como ela dizia, Olga se ofereceu para fazê-lo. Ao relembrar esse fato no depoimento para o meu *Eu sou uma pergunta. Uma biografia de Clarice Lispector* (1999), ressaltou: "isso é um pensamento meu, não sei se é verdadeiro", ao atribuir o cansaço da amiga à "doença" que anos depois causaria a sua morte:

> Eu acredito que essa preguiça, entre aspas, se deva à doença, ela não tinha ânimo. (...) A parte de estruturação, que é um trabalho de carpintaria, que eu sei o que foi, porque fui eu que realizei isso, eu sabia que esse era o processo dela; então, foi sob o olhar dela, ela sentada a minha frente, que eu me propus a fazer essa estruturação, ela já estava desinteressada. (...) Uma disposição física se fazia necessária para ela realizar esse trabalho. É um trabalho, é um quebra-cabeça. Eu levei quase um ano pra fazer *Água viva*. (...) Eu fui pegando, ela não me deu nada. (...) Então, ela me permitiu fazer esse trabalho. Eu comecei a fazer esse trabalho e fui passando pra ela quando eu achava que já tinha um capítulo pronto pra ela fazer as correções, ver se estava certo, e ela fez com muita má vontade, ela não estava mesmo querendo fazer. Eu quase que forcei a Clarice a estruturar esse trabalho.[8]

Em depoimento a Arnaldo Franco Junior, Olga Borelli observou outros detalhes:

> Ela se utilizou em *Água viva* de fragmentos que ela havia escrito sem saber bem para quê. Ela não tinha uma ideia de livro, de feitura de livro. E *Água viva* acho que foi essa fragmentação do pensamento dela que se concretizou num livro. (...) E *Água viva* eu acho que foi uma obra que surgiu num momento crítico da vida da Clarice, que eu acompanhei de perto. Eu acho o prenúncio do fim, que se concretiza n'*A hora da estrela*.[9]

Olga confirmou a indecisão de Clarice publicar *Água viva*: "ela pediu a opinião de algumas pessoas, queria saber a opinião do Fauzi Arap, da Nélida Piñon. Com outros livros, Clarice não demonstrou insegurança. Com *Água viva*, sim. Foi a única vez que eu vi a Clarice titubear antes de entregar um livro para o editor. Ela mesma dizia isso."[10]

Quando se referiu a um *momento crítico* da vida de Clarice, Olga explicou que ela:

> (...) sofria muito nessa época. Eu acho que foi aqui que ela percebeu que estava indo... Eu acredito que há uma censura inconsciente que não te permite admitir a proximidade da morte. É uma censura que também te protege de uma despedida, de um ir para onde você não sabe... (...) Eu acho que *Água viva* sintetiza este sentimento da Clarice, esta preocupação, censurada, sim, mas de uma certa forma eu acho que ela já tinha consciência do fim. Então, ela foi juntando o que restava dela, e eu, depois, n'*Um sopro de vida* – porque ela simultaneamente estava fazendo *Um sopro de vida*, a Macabéa, *Um dia a menos*. Ela descansava de um construindo outros. Eu acho que n'*Um sopro de vida* ela faz um testamento da criação, do ato de criar. E *Água viva* seria a antessala da desagregação absoluta. E ela também não sabia como terminar este livro, foi uma angústia para ela. Como acabar uma coisa que não tem começo, meio e fim? (...) Quando eu reuni os fragmentos, ela ficou insegura, porque foi o primeiro livro que ela não estruturou.[11]

O único registro de Clarice à Olga Borelli sobre uma das versões de *Água viva* encontra-se num bilhete:

> Não pude te esperar: estava morrendo de cansaço porque estou trabalhando ininterruptamente desde as cinco e pouco da manhã. Infelizmente eu é que tenho que fazer a cópia de "Atrás do pensamento" – sempre fiz a última cópia dos meus livros anteriores porque cada vez que copio vou modificando, acrescentando, mexendo neles enfim.[12]

Clarice pediu também para Olga tirar uma cópia de outros textos na Olivetti, que não estava funcionando cem por cento ("veja se você dá um jeito"), enquanto ela copiaria o "Atrás do pensamento" na Olímpia. No datiloscrito de uma das versões de *Água viva*, intitulada *Objeto gritante*, Clarice anotou em alguns trechos: "não precisa cortar, copiar tudo" e "copiar, não cortar".[13]

As impressões das amigas de Clarice revelam as peculiaridades de um período que vou nomear de "essencial". O "momento *Água viva*" trouxe mudanças no campo literário.

A indecisão em publicar a nova obra não impediu Clarice de autorizar o diretor Fauzi Arap a usar um trecho de *Atrás do pensamento: diálogo com a vida*, no show de Maria Bethânia: *Rosa dos Ventos – Um show encantado*. A estreia se deu em 27 de julho de 1971, no Teatro da Praia, no Rio de Janeiro, no mesmo mês em que Clarice pôs o ponto final no livro:

> Depois de uma tarde de quem sou eu e de acordar à uma hora da madrugada em desespero, eis que às três da madrugada eu acordei e me encontrei. Simplesmente isso, eu me encontrei calma, alegre, plenitude sem fulminação. Simplesmente eu sou eu e você é você. É lindo, é vasto, vai durar. Eu já sei mais ou menos o que vou fazer em seguida. Mas por enquanto olha pra mim e me ama. Não, tu olhas pra ti e te amas. É o que está certo.[14]

Fauzi descobriu Clarice ao ler *A paixão segundo G.H.* Daí em diante, transformou a admiração em arte. Dirigiu e fez a dramaturgia de *Perto do coração selvagem*, a primeira adaptação de sua obra para o teatro, em 1965. Inseriu o "Mineirinho" pela primeira vez num show dirigido por ele e estrelado por Maria Bethânia: *Comigo me Desavim* (1967). Nos anos 1980, Cazuza também seguiu na mesma trilha adaptando um trecho de *Água viva*, compôs *Que o Deus venha*, em parceria com Roberto Frejat.[15]

A amizade se consolidou quando recebeu de Clarice os originais de *Água viva*. Autor do roteiro de *Rosa dos Ventos*, Fauzi inspirou-se em *Psico-*

logia e alquimia, de Carl Jung, para estruturar o espetáculo. A parceria com Flávio Império nos figurinos e cenário, mais o acompanhamento musical do Terra Trio, fez de *Rosa dos Ventos* um dos grandes espetáculos da década de 1970. O show também cantava nas entrelinhas a volta dos brasileiros exilados, sobretudo Gilberto Gil e Caetano Veloso (que o assistiu em sua passagem pelo Rio vindo do exílio em Londres). O roteiro conjugava canções e textos, incluindo Fernando Pessoa.

Água viva tornou-se força inspiradora no diálogo com outros campos artísticos. Em *Mare nostrum*, Fauzi Arap falou do propósito de transformação e alquimia entre as pessoas reunidas no processo de criação de *Rosa dos Ventos*, "tínhamos naquele momento a disposição de realizar uma transformação radical em nosso estilo de vida, cada um à sua maneira".[16] Fauzi revelou que nesse período de buscas continuava comprometido com o caminho de interiorização, caminho este que o levava às ideias de Jung, ao "Atrás do pensamento", de Clarice, e ao seu trabalho voluntário com aulas de teatro na Casa das Palmeiras, quando então se aproximou da psiquiatra Nise da Silveira, criadora do Museu das Imagens do Inconsciente.

No texto escrito especialmente para o programa de *Rosa dos ventos* ele dedicou seu trabalho entre outros a Jung, Nise da Silveira e Clarice Lispector, "que me emprestou sua palavra como uma boia e me salvou de afogamento." E no último parágrafo citou um trecho de *A paixão segundo G.H.*: "Clarice me empresta as suas palavras: 'e porque me despersonalizo a ponto de não ter o meu nome, respondo a cada vez que alguém disser: "Eu"...'"[17]

Rosa dos ventos foi um sucesso absoluto. Segundo Fauzi, "ela acabava ganhando mais com sua pequena participação na bilheteria do show do que com a publicação de muitos de seus livros".[18]

E sublinhou a presença da amiga em seu processo de criação: "A criação não tem nada a ver com propriedade privada. Ela sempre nasce da ligação de duas ou mais pessoas. *Rosa dos Ventos* é de Bethânia, de Flávio, de Clarice e minha, e eu assino enquanto fui eu o como que médium de materialização. E o centro de convergência."[19]

Quando Clarice finalmente decidiu publicar *Água viva*, depois de várias versões, coube a Artenova editá-lo. Aqui se inaugura uma nova relação entre editor-escritora, tanto no projeto editorial quanto na estratégia de marketing.

Ao conhecer Clarice, o editor Álvaro Pacheco propôs a reedição de um livro, daí nasceu a coletânea *A imitação da rosa* (1973):

> *A imitação da rosa* reúne contos selecionados por Clarice Lispector em toda a sua obra publicada até agora. São histórias que a autora considera as melhores que já escreveu, num ponto de vista coincidente com o da crítica literária, que deu os maiores destaques aos trabalhos publicados neste livro. Com esta publicação a preços populares procura a Editora Artenova colocar ao alcance do povo, principalmente dos estudantes, a obra de um dos maiores escritores brasileiros vivos.[20]

O texto acima extraído da quarta capa da edição de *A imitação da rosa*, antologia de quinze contos publicados anteriormente em *Laços de família* e *A legião estrangeira*, mostra como a obra de Clarice foi direcionada em busca de uma distribuição mais ampla.

O Homem de fevereiro ou março (1973), de Rubem Fonseca, e o livro de Clarice foram as primeiras experiências de *pocket books* em bancas de jornal. A editora ajudou a popularizar o livro de bolso publicando neste formato diversos títulos, assim como edições de quadrinhos de personagens como Charlie Brown e Pimentinha. Clarice estreou na Artenova, em agosto de 1973, com *A imitação da rosa* e *Água viva*, conforme Hélio Pólvora registrou em sua coluna no *JB*. O preço do livro de bolso, R$ 6,00, custava 50% a menos do que o preço daquele em formato padrão, como foi o caso de *Água viva*.

Em depoimento ao MIS, Clarice comentou as dificuldades de publicação de *Água viva* por causa das particularidades do livro: "Esse livro, *Água viva*, eu passei três anos sem coragem de publicar achando que era ruim, porque não tinha história, porque não tinha trama. Aí o Álvaro Pacheco leu as primeiras páginas e disse assim: "Esse livro eu vou publicar." Mais adiante, completou: "*Água viva* foi o Álvaro Pacheco quem publicou porque ninguém tinha coragem de publicar e o Álvaro quis, ele é arrojado, então publicou."[21]

Muitos anos depois, Lêdo Ivo escreveu: "Durante certo tempo, quando ninguém queria editá-la, Álvaro Pacheco a acolheu em sua editora, a Artenova."[22]

Água viva surgiu no ano em que Clarice Lispector foi demitida do *Jornal do Brasil*. Sua saída e a de outros colaboradores foi uma represália a Alberto Dines, editor do *Caderno B*. Pacheco era amigo de Dines, que o apresentou à Clarice.

A entrada da Artenova no mercado editorial ainda não foi investigada pelos pesquisadores e merece um estudo mais consistente, já que a faceta de Álvaro Pacheco como produtor de filmes brasileiros e distribuidor de filmes estrangeiros perdura mais do que a de editor, graças aos cinéfilos. É que a Artenova Filmes, no Rio, produziu *O caso Cláudia*, um dos maiores sucessos do cinema brasileiro; e a Ariel Cinematográfica, em Roma, com *Terror e êxtase* acelerou o processo de abertura na censura e a distribuição de filmes com o lançamento de *O império dos sentidos* e *O dia seguinte*.

O editor-poeta Álvaro Pacheco iniciou sua experiência no ramo editorial como editor do *Anuário de Arquitetura*, publicação da Faculdade Nacional de Arquitetura, que divulgou os primeiros trabalhos do arquiteto e urbanista Lucio Costa sobre o planejamento de Brasília. Na imprensa, passou pelo *Jornal do Brasil*, onde trabalhou com Odylo Costa Filho. Ao lado deste e outros amigos fundou a Edigraf (Editora e Gráfica Ltda.). Mas sua incursão nessa área se expandiu quando fundou a Artenova, transformando-a em editora de livros e revistas. Montou em Benfica um parque gráfico pioneiro na introdução no Brasil da mais avançada tecnologia da indústria gráfica moderna, inclusive composição eletrônica e avançados métodos de impressão.[23]

A Artenova investiu na publicação de autores estrangeiros desconhecidos pelos brasileiros, como Kurt Vonnegut Jr., Malcolm Lowry, Mary

McCarthy, Anthony Burgess, Saul Bellow, Bernard Malamud, Victoria Holt, J.R.R. Tolkien, Raymond Chandler, Lawrence Sanders, Thomas Tryon, John Fowles, Sylvia Plath, além de Carl Gustav Jung, Rollo May, Jean Piaget, entre outros.

A relação entre Clarice e o editor de *Água viva* foi pontuada por alguns momentos tensos. Um deles relatado pelo próprio Álvaro Pacheco. Ele referiu-se a um fim de semana em Guarapari em que um repórter queria entrevistá-lo. A entrevista não foi concedida, no entanto o repórter registrou na matéria a conversa do dia. Pacheco explicou que o original era encaminhado ao editor e este acompanhava o autor, ele agia como uma espécie de leitor, criticando o livro antes de ser publicado. Como exemplo, o editor citou Rubem Fonseca e Clarice Lispector. O repórter escreveu: "Álvaro Pacheco disse que escreve os romances de Clarice Lispector". Clarice ligou para o editor chorando e este teve que desfazer o mal-entendido.[24] Anos depois, Alberto Dines revelou a decepção de Clarice com a forma desonesta como foi tratada quanto ao recolhimento dos direitos autorais pela Artenova. Sua visão positiva de Pacheco desfez-se completamente.[25]

As obras que Clarice publicou após *Água viva* são narrativas curtas, uma marca desse período influenciada pelas diretrizes do editor e, também, idealizador das obras. Em três anos foram editados cinco livros, um número expressivo considerando o percurso clariceano. Pacheco encomendou três histórias que geraram o livro de contos eróticos *A via crucis do corpo* (1974); idealizou outros dois volumes: *A imitação da rosa* (1973) e *Onde estivestes de noite* (1974) e sugeriu a seleção de entrevistas da *Manchete* publicadas em *De corpo inteiro* (1975).

À exceção de *Água viva*, essas edições não tiveram uma acolhida tão calorosa no meio literário como as obras anteriores pela dificuldade de assimilar a nova escrita clariceana, agora "admitindo realidades outras que não o mistério fechado da personalidade", como observou o crítico Hélio Pólvora em sua coluna no *JB*.[26]

A análise de Pólvora apontou nesse sentido: "Só tenho receio que ela se desgaste rapidamente com a repetição de pequenos livros." No entanto, destacou: "Com seus acertos e fraquezas *A via crucis do corpo* significa na obra de Clarice Lispector uma abertura, uma renovação que *Onde estivestes de noite* já prenunciava." O crítico que acompanhou a trajetória de Clarice observou que esta não precisava se penitenciar por aceitar novos desafios, "sua obra é um atestado liberatório, justifica buscas".

Água viva, inclusive, permaneceu meses na lista dos mais vendidos do *JB* em vários estados ao lado de obras como *O caso Morel*, de Rubem Fonseca (Artenova, CR$ 20,00) e *O enterro do anão*, e *É mentira, Terta?* (José Olympio, CR$ 15,00), ambos de Chico Anysio.[27] É curioso observar o preço dos livros. *Água viva* custava CR$ 16,00, sinal da política da Artenova de oferecer títulos ao alcance do bolso do leitor.

Álvaro Pacheco inseriu Clarice Lispector na lista dos best-sellers: "Literatura brasileira era considerada de elite", afirmou. Nesse período, havia preconceito em publicar autores brasileiros. Pacheco era um poeta-editor bem acolhido pelos cadernos de literatura e a Artenova defendia um novo conceito de best-seller, sem a carga de tom pejorativo usado no Brasil. "Ser best-seller é o ideal, o objetivo de todo livro a ser vendido", afirmou o editor e completou: "Os nossos best-sellers brasileiros são os de melhor qualidade literária ou documental na produção nacional: *Feliz Ano Novo*, de Rubem Fonseca, *Água viva*, de Clarice Lispector, *Introdução à Revolução de 64*, de Carlos Castello Branco, *O sargento Getúlio*, de João Ubaldo Ribeiro.[28]

Esse breve panorama sobre a Artenova pode suscitar outras reflexões para incrementar o debate sobre a trajetória da escrita de Clarice Lispector ter mudado radicalmente a partir de *Água viva*, ideia defendida num estudo pioneiro, a tese de doutorado de Sônia Roncador.[29]

A respeito disso, Roncador indagou: o que teria levado a escritora a embarcar num projeto que, como ela mesma esclarece em algumas entrevistas, seria provavelmente atacado por seus críticos e leitores? A pesquisadora apontou alguns motivos: a necessidade de renovação artística e a prática de escrever regularmente crônicas para a imprensa tê-la forçado a criar novas formas de escrita.

Como essa reflexão pode ser ampliada considerando o projeto editorial da Artenova?

Outro aspecto do "momento *Água viva*" ou "momento essencial" é a troca artística entre Clarice e sua comadre, a artista plástica Maria Bonomi. Elas se conheceram em Washington, quando Maria dava os primeiros passos em sua trajetória. A amizade foi selada com o batismo de Cássio, em 1962. Clarice quis ser madrinha do filho de Bonomi e Antunes Filho.

Apesar de residir em São Paulo, Maria vinha ao Rio com certa frequência, por causa de suas exposições e para visitar sua mãe, moradora de Copacabana, vizinha de Clarice. Nesse período de convivência, ela fez quatro exposições individuais no Rio de Janeiro, entre 1966 e 1975, entre elas "Gravuras de Maria Bonomi", na Petite Galerie, em setembro de 1966, e "Xilografias (Transamazônica e China, série incompleta)", na Galeria Bonino, em setembro de 1975. Nesta última, há inclusive uma foto de Maria com Clarice.

Mas uma delas virou crônica e mostrou aos leitores do *Jornal do Brasil* um pouco da história da amizade entre duas artistas que se tornaram comadres, "gêmeas de vida", como disse Clarice. "Ela sempre dizia que queria pintar (e pintou especialidades, tenho *A matéria da coisa*) e que eu devia escrever(...)", revelou Maria Bonomi.[30]

Foi em "Xilografias de Maria Bonomi", no MAM – Museu de Arte Moderna, realizada entre julho/agosto de 1971 – que foi exposta a matriz da "Águia". Exposição que Clarice intitulou "Exposição 'Águia'". Segundo Walmir Ayala, a exposição reuniu duas coletâneas recentes: 14 xilogravuras de grande formato e nove litografias que compuseram o primeiro álbum de lito em cores no Brasil ("Balada do terror e Oito variações"): "A mostra nos dará Bonomi presente e operosa ensinando xilo durante todo o tempo da exposição, respondendo a qualquer pergunta sobre a técnica da xilogravura e da gravura em geral e realizando trabalhos de impressão com a ajuda de Domingos de Andrade, artífice por ela formado", completa o crítico.³¹

Segundo Ayala, havia um catálogo posto à venda com fotos explicando a técnica da gravura e seu trabalho de criação, anotações da artista a respeito de seu processo de trabalho e da situação da arte no mundo atual. Em outra entrevista, concedida a Macksen Luiz, Maria disse que a exposição não queria se mostrar como exposição mas "como atitude e pesquisa de uma técnica".³²

A exposição das xilogravuras no MAM no período em que Clarice acabara de passar pela criação da primeira versão de *Água viva* propiciou um encontro definitivo entre as duas artistas. Ambas desenvolviam projetos pontuados pela "pesquisa de uma técnica", a revelação do processo de criação e um diálogo intenso com o leitor/público.

Segundo Maria Bonomi, esse encontro a fez mudar o jeito de olhar a gravura, da gravura dependurada nas salas fechadas ela partiu para a feitura do painel e do painel para a arte nas ruas e avenidas:

> "A Águia" é dentro do rebu político [*a obra é de 1967*] uma alegoria da presença americana submarinamente no Brasil naquele momento. Então, quando ofereci a Clarice escolher uma gravura minha como presente que quis lhe fazer após tantos anos de amizade e conhecimento, ela me disse que preferia uma matriz e se possível a matriz única da Águia e me falou (aí me toquei...) da importância da matriz de uma xilografia, ela é tudo de uma gravura, é o que o artista afinal toca, abraça, grava, impulsiona etc. Foi uma fala determinante para mim...

E concluiu: "Eu ofereci uma gravura e ela substituiu no meu pedido com a preferência dela: a matriz. Diante do que significou (devo ter feito uma cara, mas não titubeei) de 'estranho' ela justifica na carta ao *JB* pouco depois... Daí pra frente passei a falar e ver e até vender minhas matrizes."³³

O depoimento de Maria Bonomi é uma prova de como a comadre ia além quando o assunto era o processo de criação. O brincar de trocar proposto por Clarice, "ela sempre dizia que queria pintar e que eu devia escrever", estava presente nesse "momento *Água viva*".

Na citada "Carta sobre Maria Bonomi" publicada no *JB* em 2 de outubro de 1971, dirigida a um remetente que chama de "Amigo", Clarice contou aos leitores como foi a exposição e se justificou por não ter ido ao encerramento, segundo a Coluna de Zózimo, no *JB*, em 23 de agosto:

> E resolvi que devia ir para fora do Rio dormir por assim dizer uma semana (...) meu subconsciente estava exausto de tanto ser mexido (...) de ter caído no tumulto criador. Não conseguia parar de escrever. Eu dava, dava, dava como irrompe sangue de uma veia seccionada. Estava também machucada e meu bico de águia se partindo. Pretendia, quando refeita de novo, levantar-me e ter o impulso de um voo talvez de águia, quisera eu.
> É que a ideia de Águia de Maria me persegue. A ideia de grandes asas abertas e de longo bico adunco de marfim – pois é o que vejo na sua abstração – por um instante imobilizada. O suficiente para que Maria pudesse capturar-lhe a imagem majestosa e projetá-la na solidez maciça da madeira.

Descreve o processo de criação da artista:

> (...) pouco a pouco os dormentes sonhos de Maria vão se transmutando em madeira feito forma. Esses objetos são tocáveis e por assim dizer estremecíveis.(...) objetos insólitos que por vezes clamam e protestam em nome de Deus contra a nossa condição, que é dolorosa porque existe inexplicavelmente a morte. (...) E o livro que eu estava tentando escrever corre paralelo com sua xilogravura. (...) Maria escreve meus livros e eu canhestramente talho a madeira.

O tumulto criador que a impediu de ver novamente as xilografias fora provocado pela criação de *Atrás do pensamento: diálogo com a vida*. Maria Bonomi confirmou que a comadre foi à exposição em outro momento. Portanto, viu a Águia, viu as matrizes; ela montou um ateliê-oficina construído no recinto da exposição onde mostrou

dois tímidos que viajaram na mesma condução sem quase pronunciar palavra. Eramos impossíveis de outro modo.

Soube que no primeiro ano de Engenharia êle resolveu um dos teoremas considerados insolúveis desde a mais alta antiguidade. E que imediatamente foi chamado a Sorbone para explicar o processo. É hoje um dos maiores matemáticos que existem no mundo.

Quanto a mim — choro menos.

E por falar em chorar? pois eis que de repente sinto dor intolerável no ôlho esquerdo. Êste lacrimeja e o mundo se torna turvo. E torto: porque fechando um ôlho entrefecha-se automàticamente o outro. Quatro vêzes no decorrer de Menos de um ano um objeto estranho entrou-me no olho: duas vezes ciscos e uma vez um grão de areia e outra um cílio. Das quatro vêzes tive que procurar um oftalmologista de plantão. Da última vez perguntei ao cirurgião também artista em potencial que realiza a vocação atráves de cuidar por assim dizer de nossa visão do mundo:

— Por que sempre o ôlho esquerdo ? é simples coincidência ?

Respondeu que não. Que numa vista normal um dos olhos vê mais que o outro e por isto é mais sensível. Chamou-o de "olho diretor". Por ser mais sensível prende o corpo estranho e não o expulsa.

Quer dizer que o melhor ôlho é aquele que sofre mais — a um tempo mais poderoso e mais frágil. E atrai problemas que não poderiam ser mais reais que a dor insuportável de um cisco ferindo e arranhando uma das partes mais delicadas do corpo.

o fazer-se da gravura em suas diversas fases. Em entrevista, Bonomi afirmou que queria discutir as possibilidades da linguagem da gravura "Por que fazer gravura? (...) porque você tem uma motivação de identidade com essa expressão. Interessa-me a atitude da gravura como linguagem".[34]

A carta-crônica descreve a relação das comadres e mostra o impacto da matriz sob Clarice. "Disse-me Maria que escolhesse uma gravura para mim – e eu ingenuizada por um instante pedi logo o máximo – não a gravura, mas a própria matriz." [35]

O que ela não esperava era encontrar a matriz da Águia pendurada em sua sala ao voltar para o Rio, pois ela não se achava "merecedora de ter tanta e tal vitalidade em sua sala", pedira para a comadre guardá-la e lhe dar no momento em que se sentisse preparada. Ao revelar na crônica publicada em outubro (dois meses após o encerramento da exposição no MAM) que a matriz grande e pesada dá uma tal liberdade à sala, diz: "é que Maria gravou a íntima realidade vital da Águia e não sua simples aparência."

Clarice se refez e deu o seu voo de águia. Ela retomou *Atrás do pensamento* muitos meses depois e a nova versão foi intitulada *Objeto gritante – monólogo com a vida* e por fim *Água viva*. Além da supressão de inúmeros trechos de crônicas, a profissão da narradora mudou de escritora para pintora, como se vê neste trecho: "Comecei estas páginas também com o fim de preparar-me para pintar." [36]

No momento de retomada desse "antilivro", como a ele se referiu Clarice, ela evocou uma nova imagem da águia ("é que a ideia da Águia de Maria me persegue") em um único trecho em que dizia não entrar em contato faz tempo com a vida primitiva animálica: "Preciso pintar de novo o it dos animais... Quero captar o it para poder pintar não uma águia e um cavalo, mas um cavalo com asas abertas de grande águia."[37]

O que podemos imaginar sobre a presença da Águia na sala do apartamento da Gustavo Sampaio, no Leme? Quantos tumultos criadores provocou? O quanto a gravura de Maria repercutiu nos textos de Clarice e vice-versa e fez o *Objeto gritante* virar *Água viva* é matéria para longas pesquisas; aliás, uma delas foi realizada em "Nervuras do neutro: Clarice Lispector e Maria Bonomi", de Artur de Vargas Giorgi.[38]

Questionada por mim sobre a relação da comadre com as artes plásticas, Maria Bonomi avaliou que a atitude de Clarice era de uma grande modernidade. "Escrever é viver. Pintar é viver. Isso veio muito depois com os fluxos, com os *happenings*. Ela já era uma pessoa muito vivenciada, ela estava numa colocação supermoderna. (...) Ela falava muito sobre pintura. 'Por que você faz isso?' Ela era uma grande garimpeira. Na minha exposição, ela começou a mexer com todas as matrizes, começou a perceber essa coisa... e de lá pra cá eu percebi isso. Eu expus por uma questão didática e ela começava a garimpar isso. Ela queria ver a matriz, queria ver o desenhinho, de onde saía essa ideia. O processo de criação. De onde começava. (...) Ela ia fundo. 'Maria, estou pintando.' Pedia conselhos técnicos. 'Eu devo misturar a tinta...' Ela tinha uma percepção plástica muito grande. Ela olhava muito. Estava a par do que acontecia nas artes plásticas."[39]

Na "Carta sobre Maria Bonomi", Clarice reconheceu que seu trabalho era feito da mesma matéria do de sua comadre: "As gravuras de Maria são tocáveis, no entanto delas emana, como um véu, o inefável." O mesmo inefável aparece em *Objeto gritante* em inúmeras passagens: "Este livro é inefável porque não consigo controlá-lo." E: "Logo eu que vivo a vida no seu elemento puro. Tão em contato estou com o inefável."[40]

"O momento *Água viva*" revela aquilo que Maria Bonomi percebeu na maneira como Clarice estava no mundo, particularmente quando ela se tornou "mais essencial": "Clarice mostrava o querer se salvar existencialmente como uma questão essencial para ela. Ou assumimos nossa própria carga de criatividade e convivemos com ela ou estamos condenados a cair na mediocridade",[41] declarou Bonomi em entrevista a Julio Lerner ao lembrar o quanto ela e a comadre Clarice trocavam muitas ideias sobre o ato da criação artística, "ela me dava muitos conselhos para o voo".

Voo da Águia?

Água viva é um antilivro, é uma gravura, é um show encantado.

NOTAS:

1. Lispector, Clarice. Carta a Paulo Gurgel Valente. *Correspondências*. (Org. Teresa Montero). Rocco: 2001, p. 274.

2. Depoimento de Nélida Piñon à autora. In: *Eu sou uma pergunta. Uma biografia de Clarice Lispector*. Rio de Janeiro: Rocco, 1999.

3. Depoimento de Maria Bonomi à autora. In: *Eu sou uma pergunta. Uma biografia de Clarice Lispector*. Rio de Janeiro: Rocco, 1999.

4. SEVERINO, Alexandrino E. "As duas versões de *Água viva*". In: *Remate de Males*, n.9, 1989 (Org. Vilma Arêas e Berta Waldman). Campinas: Unicamp, 1989, p. 115.

5. Ibid, p.115.

6. Pessanha, José Américo. "Carta a Clarice Lispector". In: Arquivo Clarice Lispector. Arquivo-Museu de Literatura Brasileira da Fundação Casa de Rui Barbosa.

7. Depoimento de Nélida Piñon à autora. In: *Eu sou uma pergunta. Uma biografia de Clarice Lispector*. Rio de Janeiro: Rocco, 1999.

8. Trecho inédito do depoimento de Olga Borelli à autora para *Eu sou uma pergunta. Uma biografia de Clarice Lispector*. Rio de Janeiro: Rocco, 1999.

9. FRANCO Jr. Arnaldo. "Clarice, segundo Olga Borelli". In: *Suplemento Literário de Minas Gerais*. Número especial: "Lembrando Clarice". (Org.) Nádia B. Gotlib. n. 1091, 19 de dez. 1987.

10. Ibidem, s/p.

11. Ibidem, s/p.

12. Bilhete de Clarice a Olga Borelli. In: GOTLIB, Nádia B. *Clarice uma vida que se conta*. São Paulo: Ática, 1995, p. 399.

13. Duas versões de *Água viva*, "Atrás do pensamento: monólogo com a vida" e "Objeto gritante", estão depositadas no Acervo Clarice Lispector. Arquivo-Museu de Literatura Brasileira da Fundação Casa de Rui Barbosa.

14. *Rosa dos Ventos*. Show Encantado. Ao vivo. Disco. Maria Bethânia. CBD/Phonogram/Philips, 1971.

15. "Que o Deus venha." Letra e música: Cazuza e Frejat. In: Disco *Barão Vermelho. Declare guerra*. Som Livre, 1986.

16. ARAP, Fauzi. *Mare nostrum: sonhos, viagens e outros caminhos*. São Paulo: Senac, 1998, p. 154-155.

17. ARAP, Fauzi. "Aviso aos navegantes". In: Programa do show *Rosa dos Ventos*. Disponível em www.flavioimperio.com.br, pp-3-8.

18. ARAP, Fauzi. *Mare nostrum*, p.71.

19. ARAP, Fauzi. "Aviso aos navegantes", p. 8.

20. PACHECO, Álvaro. *A imitação da rosa*. Rio de Janeiro: Artenova, 1973.

21. "Clarice entrevistada". In: LISPECTOR, Clarice. *Outros escritos* (Org.) Licia Manzo e Teresa Montero), Rocco, 2005, p.154.

22. IVO, Lêdo. "Clarice Lispector ou a travessia da infelicidade". Revista *Triplov* n.5. Abril de 2010.

23. "Álvaro dos Santos Pacheco". Verbete-biográfico. FGV. CPDOC. Disponível em www.fgv.br e BORGES, Humberto. "Quem é essa tal de Artenova?" In: *Jornal do Brasil*, 28 de julho de 1973.

24. Depoimento de Álvaro Pacheco à autora. In: *Eu sou uma pergunta. Uma biografia de Clarice Lispector*. Rio de Janeiro: Rocco, 1999.

25. Depoimento de Alberto Dines à autora. In: *Eu sou uma pergunta. Uma biografia de Clarice Lispector*. Rio de Janeiro: Rocco, 1999.

26. PÓLVORA, Hélio. "Da arte de mexer no lixo". In: *Caderno B, Jornal do Brasil*, 13 de agosto de 1974, p. 2.

27. "Mercado. Livros". In: *Jornal do Brasil*, 20 de outubro de 1973, p. 3.

28. "Best-seller: do preconceito a aceitação universal". In: *Jornal do Brasil*. 24 de janeiro de 1976.

29. RONCADOR, Sônia. *Poéticas do empobrecimento*. A escrita derradeira de Clarice Lispector. São Paulo: Annablume, 1999.

30. BONOMI, Maria. "Brasília: Esplendor". In: *Clarice na cabeceira* (crônicas). Org. Teresa Montero. Rio de Janeiro, Rocco, 2010, p. 93.

31. AYALA, Walmir. "Gravura em tom maior". In: Artes da Semana. *Jornal do Brasil*. 5 de julho de 1971.

32. LUIZ, Macksen. "A identidade de Maria Bonomi. Na exatidão da gravura". In: *Jornal do Brasil*, 1971.

33. Depoimento de Maria Bonomi à autora. 28 de janeiro de 2019.

34. LUIZ, Macksen. Op. cit.

35. LISPECTOR, Clarice. "Carta sobre Maria Bonomi". In: *Todas as crônicas*. (Org.) Pedro Karp Vasquez. Rio de Janeiro: Rocco, 2018, p. 452-455.

36. LISPECTOR, Clarice. *Água viva*. Rio de Janeiro: Artenova, p. 21.

37. Ibid. p. 34.

38. GIORGI, Artur de Vargas. "Nervuras do neutro: Clarice Lispector e Maria Bonomi". Outra Travessia, Florianópolis, p. 79-98, set. 2012. Disponível em: https://periodicos.ufsc.br/index.php/Outra/article/view/2176-8552.2011nesp2p79.

39. Depoimento de Maria Bonomi à autora. In: *Eu sou uma pergunta. Uma biografia de Clarice Lispector*. Rio de Janeiro: Rocco, 1999.

40. LISPECTOR, Clarice. *Água viva*. Rio de Janeiro: Artenova, p. 98.

41. LERNER, Julio. "A boa amiga Maria Bonomi". In: *Clarice Lispector: essa desconhecida*. São Paulo: Via Lettera Editora, 2007, p. 96.

Mas bem queria deixar um testamentozinho exatamente para as pessoas ˜involuntàriamente logradas por mim:"Deixo-lhe minha incultividade que em si mesma não me deu nenhum gôsto e até muita falta me fêz, mas deixo-a , para o senhor, pois foi tão bom que o senhor a supuŝesse ! deixo-a intacta, pronta para ser transmitida. A cultura não se lega porque a pessoa mesma tem de trabalhá-la, mas a vantagem de uma relativa incultura é que se pode entregá-la toda."

Hão de me perguntar: como escrever sem cultura ? Vou ensinar a escrever, é tão fácil: é só ir falando. Basta isso.

Esta crítica tem que ser complacente, porque se fôsse aguda demais isso talvez me fizesse nunca mais escrever. Mas E eu queria escrever, algum dia talvez. Embora sentindo que se ria de um modo diferente do meu antigo: diferente em que ? Não me interessa. Minha auto-crítica a certas coisas que escrevo, não importa no caso se boas ou más, é: falta a elas chegar aquêle ponto em que a dor se mistura à profunda alegria, e a alegria chega a ser dolorosa — pois êsse ponto é o aguilhão da vida.

E quantas vezes conseguimos o encontro máximo de um ser com outro ser, quando com espanto dizemos:"ah". As vêzes êsse encontro consigo próprio se consegue de um ser com outro ser. Não, eu não teria vergonha de dizer tão claramente que eu queria para o futuro: queria o máximo, e o máximo deve ser atingido e dito com a matemática perfeição *perfeição* da música ou — transposta vida e transmitir *reflexão* para o profundo arrebatamento que sentimos. Não transposta, pois é a mesma coisa. Devo, eu sei que deve

Escrita elástica
Ana Claudia Abrantes

Os *fac-símiles* aqui reproduzidos são uma forma de oferecer o contato mais direto com o mesmo material com o qual a autora lidou por alguns anos entre avanços e incertezas. Além do texto datilografado, as marcas da caneta são um testemunho, juntamente com o estilo, as frases mantidas ou rabiscadas. Por meio da curiosidade por estes "originais", o leitor pode perceber alguns dos percursos que a autora planejou ou deles desistiu ou mesmo sofreu por eles: o inconcluso ou dissonante, o conteúdo vivencial, a escrita ora flexível ora esgarçada, ou seja, no manuscrito, a experiência elástica se estende entre a vida e a arte.

A estratégia de construção do projeto de obra fincada no dissonante é apresentada e declarada pela narradora como um programa criativo/estético, mas também como um gosto. A tal estratégia relaciona-se o recorrido "instante-já" – simultaneamente ente atemporal instantâneo fugidio e também recurso de produção. A matéria-prima da vida é incluída no texto tanto por via de conteúdo da experiência exclusivamente (e aparentemente) quanto por meio de expedientes de ficcionalização diferentes.

Começando com a folha de rosto de *Objeto gritante*, que abre uma janela de ampla visão para o leitor e que fala por si: "Atrás do pensamento", "Uma pessoa falando", "isto não é um livro" ou isto "é um antilivro". Ali já há também as orientações com a letra da autora: "comece a ler pelas páginas soltas..." Eis um cartão de visitas.

No roteiro, há algumas frases que são um plano de conduta: "Esperar o enredo", "Escrever sem prêmio", "Abolir a crítica que seca tudo". O leitor pode observar que houve ensaios de pretensão de "esperar o enredo", mas, basta olhar os *fac-símiles*, e é fácil perceber não só que o enredo é um Godot que não chega (e que no fundo não se esperava) como se nota que esse impulso inicial, se não é exatamente abandonado, diminui em importância no correr das páginas. O voto "Escrever sem prêmio" talvez seja, entre os outros, aquele que frutifica e se transmuta na missão de pesquisar ou descobrir novas formas de escrita ou, mais amplamente, de criação artística. Já "Abolir a crítica que seca tudo" é intenção curiosa porque conduz à reflexão sobre a qual crítica Clarice Lispector se referia: à atividade crítica relativa à arte, à crítica que se fazia a suas obras, à crítica feita na época ao manuscrito em específico, à autocrítica a que a/o própria(o) artista se submete (?). Diante das interrogações, fica-se com as expressões "abolir a crítica" e "seca tudo", apontando para um potencial de modificação contido na palavra "crítica", ainda que em viés somente negativo pela autora nesse trecho. O leitor pode utilizar a oportunidade como ponte para pensar seu próprio olhar quanto ao material apresentado.

A invenção em um sentido amplo de criação, recriação ou ficção, no manuscrito, é reiteradamente abordada. Frise-se que, muitas vezes, é a partir de uma experiência pessoal que a narradora "inventa" embriões de enredo aqui, esboços de enredo acolá, com personagens que ela faz nascer e os corta ou os esquece, com anúncio ou abruptamente. Mas é também a vivência o cenário a partir do qual se dão reinvenções de outros níveis: angústias, culpas, sensações. Como a que se demonstra, na página 130, com a transformação de um simples caderno de perguntas (elaborado por crianças para crianças) em uma situação de ansiedade e sofrimento diante da "obrigação de resposta". Recurso simples de ficcionalização, a menção à infância e suas perguntas "inocentes" nos cadernos antigos foi substituída pelo drama das questões humanas impossíveis de responder, complementado pela abordagem de uma entrevistadora de ginásio ou faculdade. Em outros momentos, a experiência íntima é o espaço do jogo de ambivalência, onde a narradora brinca de se esconder e se mostrar, simulando que desnuda sua alma ao leitor, mas, nesse processo de escrever, também cria fatos, impressões, uma parte do eu que se inscreve.

A passagem da narradora comum à pintora vai ocorrendo na longa transformação em *Água viva*. Isso fica muito claro na página 73, em que se trocam os verbos relativos a *escrever* por verbos relativos a *pintar*, *papel* por *tela*. E em outros momentos que o leitor encontrará. Vários cortes auxiliam nos repertórios de ficcionalização para alcançar essa pintora. Na página 126, confirmam-se as eliminações de conteúdo vivencial na retirada de trechos que aludiam ao pai e aos filhos da autora. O mesmo expediente é utilizado na página 155. Todo o trecho em que a narradora menciona a possibilidade de gangrena após o incêndio, a "devotada" irmã solicitando que não realizassem qualquer amputação, tudo foi rasurado, sinalizando a intenção de retirada. Percebe-se que uma primeira tentativa seria manter somente a menção à possibilidade de amputação sem alusão à sua familiar, o que confirma uma demonstração das idas e recuos.

Ainda sobre o que a autora chama de invenção, há uma comunicação entre a página quatro e o verso da página 12 que resulta interessante. No alto da página quatro se registra à mão que "Inventar é o único modo de revelar". No verso da página 12, há uma anotação que se comunica com essa e se refere ao pensamento relatado em página de antes: "... eu não lhe dou valor porque meu pensamento é inventado." Um raciocínio decorrente desses trechos contraditórios é o seguinte: se inventar revela e inventar não tem valor, então fica clara – e há de se conviver com isso simplesmente – a impossibilidade de se assegurarem certos parâmetros, como os de verdade ou inverdade, realidade ou ficção, por meio de um discurso que reafirma o valor da invenção e depois o nega. Relativiza-se, principalmente, o valor das supostas revelações nesse discurso ambivalente. Nele, as revelações não correspondem a tanta expectativa, revelar não é tudo isso.

Pelo aspecto da escrita afeita ao inconcluso e dissonante, a página 14 é muito ilustrativa. Nela, demonstram-se os tópicos de tom destoante, afirmado por alguns pesquisadores. O caráter sublime que alguns assuntos poderiam ter é dessacralizado quase no mesmo instante da apresentação. Por exemplo, da declaração de uma lucidez inconsciente passa-se à descrição esmaecida, por meio do recurso distanciador dos artificiais "eles" e "elas", de um amor expresso em declarações intensas, mas enviesadas. Tais declarações são seguidas da divagação sobre Deus e a imediata derivação para a invenção de nomes para Deus e para a narradora. Mais um desvio. O que a seguir poderia ser uma consideração sobre a morte enfraquece-se nesse aspecto pelo prognóstico médico de uma saúde perfeita, embora permaneça o teor de reflexão sobre o "sopro" de que trata a vida na catalogação em que se transforma o ritual funerário, com corpos tornados arquivos engavetados no cemitério São João Batista e seu então recente modelo de gavetas mortuárias. Tal pensar sobre a morte e esvaziamento de um certo significado daquilo que viveu, no entanto, deve ser feito em colaboração com a agilidade atenta do leitor, uma vez que esse comentário e os demais são feitos em continuidade, em forma de ondas sequenciadas, relacionadas ao pensamento imediatamente anterior. Finalizam a página alguns momentos mais amenos. O último parágrafo, por exemplo, compõe-se de observações sobre o gosto e a música: como descrever o primeiro, como dar conta da última?

O texto do manuscrito se estica para tornar vida em ficção e vice-versa. E se alarga em vários momentos de clímax tão intensos quanto insustentáveis, quando ocorre o arrefecimento do tom da escrita. O tempo do "é-se" também se estende e distende em movimentos repetidos porque é inviável enquadrar o que vai se construindo em calendário, em cronologia, daí o "instante-já" se amplia até a chamada "captação do presente" (na página 92), que também é uma estratégia de produção por meio do *brainstorm*. Quase tudo se alonga ou distensiona. Segundo a alegação da própria narradora, a sobriedade se relaxa por meio dos trechos mais amenos, numa tentativa de arejar a densidade, assim, o aspecto destoante, ilustrado na página 14, é uma alternância entre tensão e afrouxamento.

Na página 192 e no seu verso, a narradora se diz com saudade do livro e afirma que ele escapa de si. Das muitas possibilidades de leitura, encontra-se a marcação de que se procura alongar o livro além do seu inevitável fim, e, tanto no manuscrito, quanto em *Água viva*, com suas respectivas diferenças, fica o registro de um livro que continua, elástico também. Ecoa, fica...

As breves considerações não encerram nem têm o intuito de abranger todas as provocações que a seleção suscita. Mas esta pretende convidar o leitor para procurar e conhecer, em última análise, um pouco das condições em que o manuscrito se criou. Esse plano acidentado que combinou autora, criação, crítica, contexto, intenção, interação, enfim, circunstâncias e inteligência e vontade.

O

O. Prestem atenção. Vou abrir as cortinas, para uma interrupção que é um ovinho estracalhante no seio do tempo: interrupção é coisa dispara e projétil estrupando-os! Prestem atenção. Faço uma pirueta solta no ar e — vai começar. Agora assim:".

Sou ass até certo ponto igual a
um objeto insólito
e gritante que tenho
em casa. Esse objeto urgent
é diferente de mim porque
eu sou um objeto urgente
e o outro não. O outro é
uma planta chamu

Clarice Lispector

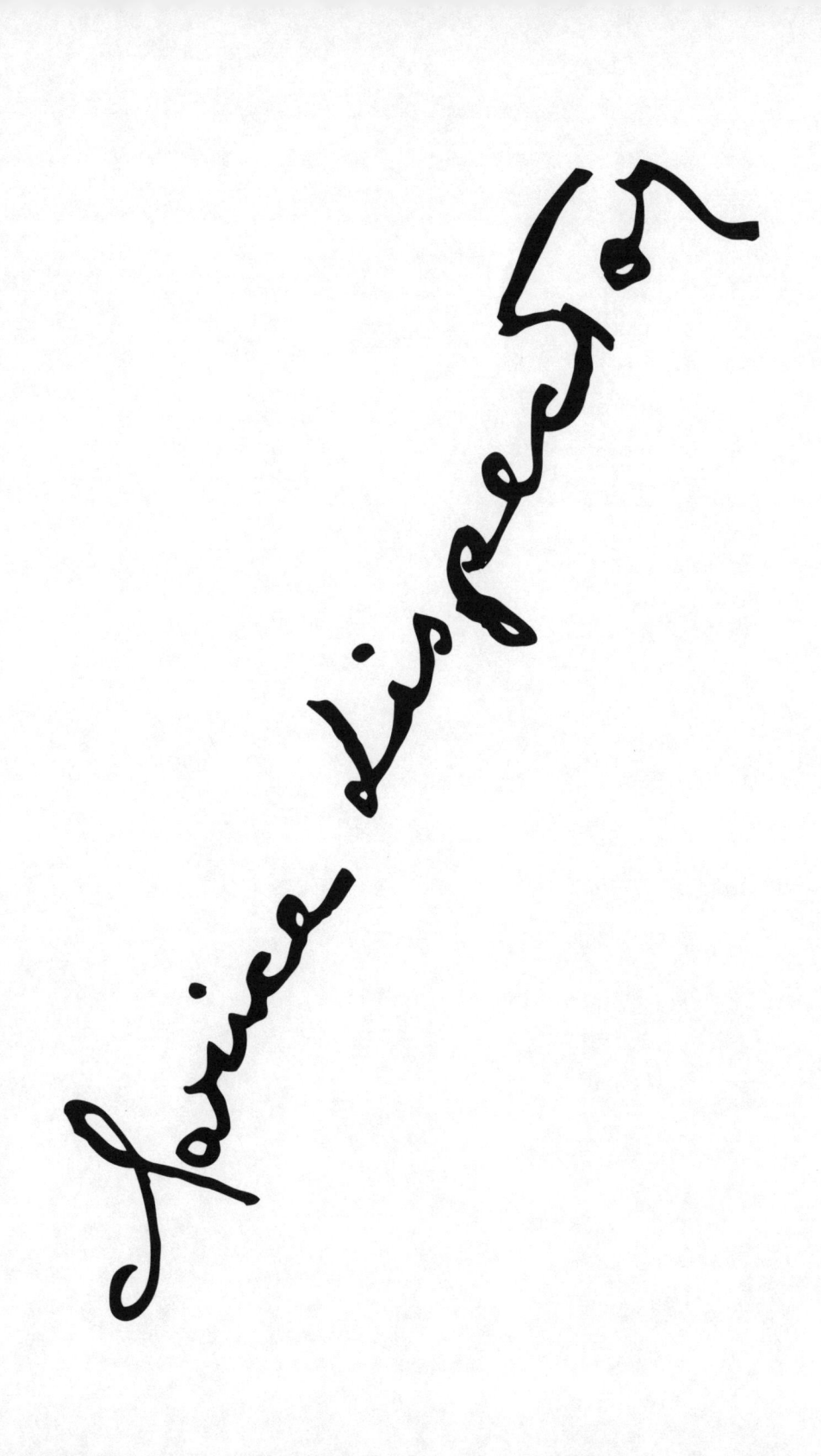

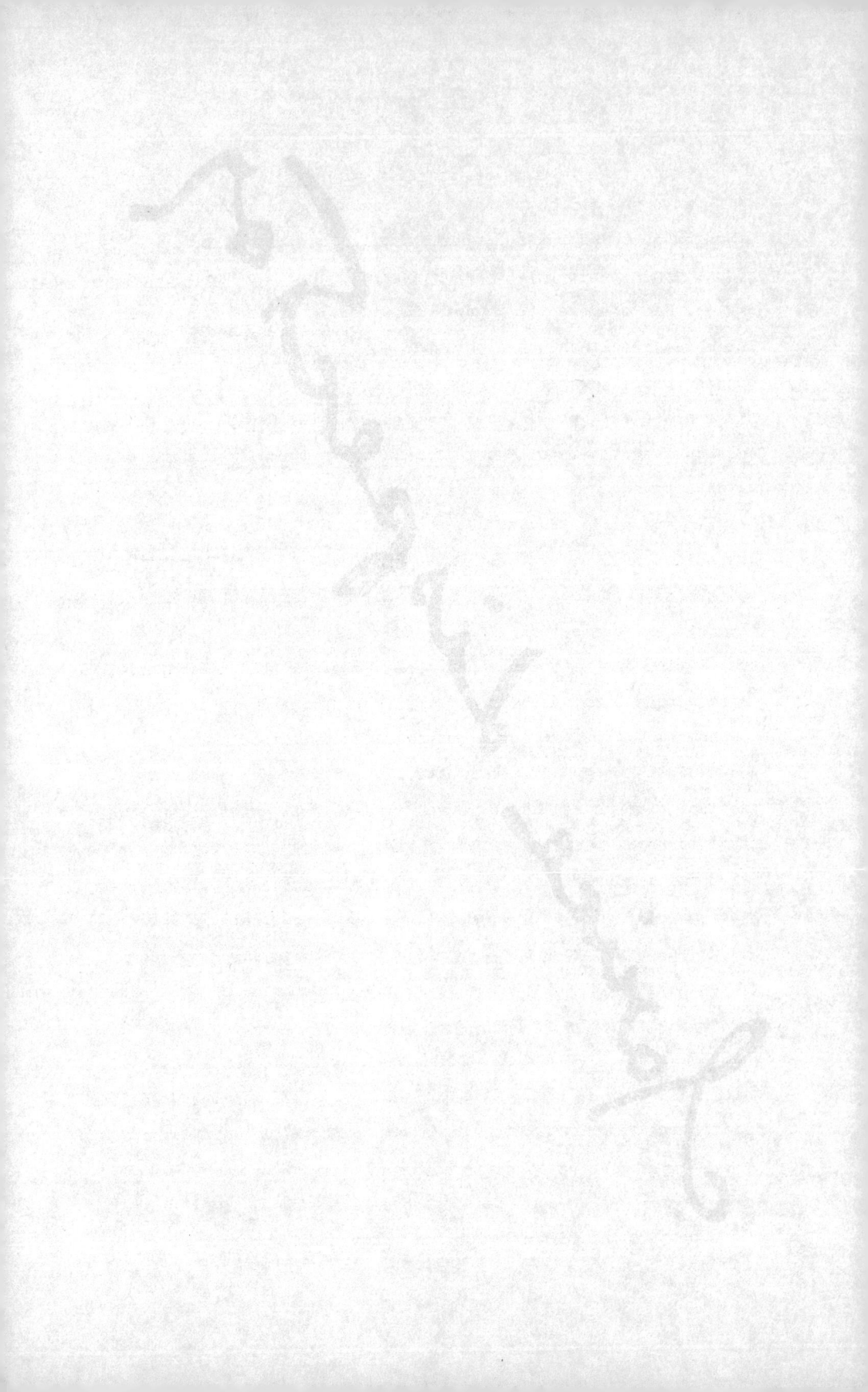

vem à cabeça, sem conexões.

103

De novo não sei qual será a próxima frase: é imprevisível. O que eu quero escrever é aquela f coisa que não é inteligência nem alma. E também estou atrapalhada com o "modo de dizer". Não se deve ter "modos" de dizer. A coisa tem que ser. Estou tão revoltada que é por isso que escravo ~~tudo isto~~ *o que me* Não consigo respeitar mais ninguém e a mais nada. Afinal de contas - viver não é vergonha. Deus é eu poder estar aqui. E você estar onde estiver. Desisto: dou-me finalmente a tudo. Faço a mim mesma êste pedido.

Interrompo o assunto sôbre o que tenho a dizer a respeito de pedidos para dizer que o mundo ~~não~~ é ~~mera~~ *uma permanente* coincidência *inesperada*.

Volto ao pedido. Parece que pedir faz parte dos ~~ser~~ humanos. Não falo em termos teológicos. Falo q de uma pessoa pedir a outra. ~~O pior que pode acontecer a alguém é ser condenado à morte: cessa a possibilidade de pedir.~~ É tão importante pedir que os condenados - antes de serem mortos - têm direito a um pedido. Meu pedido é profundo . Eu imploro. O mistério não está no fantástico: está na realidade. A realidade é muito misteriosa. É o mistério em si . Gosto de tudo aquilo que é tão si-próprio que não permite substituição. Nem mesmo aproximação simbólica. Descobri sòmente um fato que é totalmente êle próprio: vida. As vêzes de repente paro e sinto profundamente muito surpreendida que estou viva. Meu espanto vem de que eu tenha nascido e tenha espírito e corpo. O processo porém é misterioso e complicado : quem - mas quem? - em mim está se regozijando de ter nascido ? antes de nascer eu era ? Isto porque quem devia se alegrar de ter nascido era "alguém". Este alguém era de antes do nascimento ? porque assim poderia comparar e ter um termo de comparação com a não - vida. Estou com tanto mêdo de que ninguém me entenda. Eu não entendo nada. Por que ? Queria desvendar o mistério.

Por exemplo: quero que me entendam que ver é como se pintasse. Ver é pintar. Ver é expressar-se . Ver é inefável. Fala, mulher, fala porque é a palavra que te salvará mesmo que ninguem te entenda e mesmo que só eu seja eu: o que é insuportável como solidão. Estou cheia de tanto amor que extravaso. Eu amo êste mundo imundo . Ele é meu. E eu sou dêle. É a mesma matéria prima.

Sinto que se continuar a não entender enloqueço. Às vêzes me parece- xxx não me parece, mas tenho a certeza de que capto o entendimento e no entanto êle me escapa. É como se eu já estivesse a idéia global do todo ou do tudo. É tão excitante como dor-alegria. É um clima. Quem sabe o que é entender ? em vez de nós ou poder de entender isso podendo não ir a entender que é o verdadeiro entender. Aí não dá jeito de palavras. É um ôco cheio e vazio.

Imagine se eu entendesse de onde vem a pressa de Deus. isto é como sabemos com evidente certeza de que existe o ar enérgico ilimitado do cosmos?

Há um modo de entender que é fascinante como um perigo: é o de perder o contrôle das coisas, sôbre as quais antes controlavamos. Não entender é positivo. Entender é que é fracionado. Perder o pé significa o não encadeamento lógico do interior da pessoa. Aliás a isto se pode chamar de vida. Vida é um desencadeamento em que se perde o pé. Tanto que não conseguimos identificar "vida" senão dizendo esta palavra que não tem um só sinônimo. Seu sinônimo é mesmo vida e cada vez representando um entender ou um não - entender. Um frêmito e uma modalidade de energia.

Eu compreendo. E compreender não tem palavra. Sobretudo não tem um só pensamento. Compreender é sensação que se instala por

105

momentos em mim. É calmo mas ~~exciting~~ excitante. Não é mais promessa: já é. É o que? Um sempiterno ~~xxxx~~ presente. É um estado. E só em pensar que não estou transmitindo nada do que quero dizer! É que não posso dizer. É tão ~~xx~~ secreto que não vem sequer através de um pensamento. É cabala. E entrei nela. A gente esquece que tem ~~xxxxxx~~ rosto. A gente se torna a própria cabala. O material do enigma ~~é indecifrável. O enigma~~ é tecido de incomensuráveis. Tenho agora um modo de não ser consciente: isto é uma conquista. E tudo — apesar de ou por causa de — perder-se o pé. ~~Perder o pé é amor. Perder o pé é não saber mais o que é amor e tê-lo todo mudo.~~

Ser consciente anula o sentido. Por exemplo: debrucei-me demais sôbre o "gostar" e êle se transformou na palavra material: gostar. E começou a perder o sentido. E as perguntas ingênuas e legítimas começam: como é gostar? Inútil dizer que é o prazer porque nós sabemos inclusive que gostar pode vir com dor. Gostar — penso eu recuperando um pouco da falta de consciência — é querer. Eu quero. Quero o que? A resposta é: quero, ~~é isto mesmo~~. Todo pensamento ~~xxxxxxxxxxx~~ é válido já que vem de uma pessoa e para a própria pessoa. Todo pensamento tem origem? Ou pensar é uma nebulosa às vezes límpida sem contornos porque pensar é circular — não se sabe onde é o começo nem o fim. Ninguém está me entendendo. Aliás não há começo. Eu nunca comecei porque sempre existi em potencial. Nascer foi apenas a manifestação do potencial. ~~Nem os~~ primeiros homens que habitaram a Terra ~~tiveram um início: eram a conglomeração dos átomos~~ que existem ~~sempre~~. Inútil tentar me explicar mais: não consigo.

Escrever é uma loucura?

De repente foi assim: tudo caiu por terra. E só então — depois de ter perdido ~~o~~ sentido é que passou a ter sentido. O sentido da vida é a vida. (continua na mesma linha)

114

Elaborando-se.

" Ela se elaborou durante um dia inteiro. E depois de um dia cheio de sucessos e fracassos caiu de bruços sôbre a cama e chorou: durante um dia inteiro ela não fôra nenhuma vez ela própria. E isto é motivo legítimo de dor. Mas lembrou-se de uma coisa viva enfim: vira na cara do homem um ar de dor e dissera-lhe:

— Não é dor que você está sentindo. É alegria. E o martírio tem um ponto que se parece com a alegria: é a intensidade q que conta.

É que "êle" se sentia tão vazio como se não tivesse mais um inconsciente : as reservas deste pareciam terem se esgotado. Tornara-se super consciente e raciocinante e sem o menor lampejo de inspiração . O que êle fêz foi continuar naquele estado de desespêro e de ausência de subconsciente até que êste explodiu em entrega total. Valeu a pena esperar - pensou o homem - porque agora êle era um ser completo como nunca antes o fôra. Passara pela grande e dura prova. Daí o ar de martírio-alegria. Por o que o envergonhava antes era a incapacidade de sofrer. Isto é: não poder mais encarar a dor. Na hora da dor — entrar em contato com as próprias raizes dói como ferir a raiz de um dente - na hora da dor o desespêro parecia tão irremediável que ele não antevia a possibilidade de melhorar. Tinha medo dos próprios sentimentos tão extremados. Mas no desespero mesmo há uma nuance de esperança que salva. Na solidão do desespêro fazia qualquer barganha com a vida. Perdia o pudor e simplesmente implorava a si próprio que a solidão se desfizesse. Como êle - tantos de nós. Se ficássemos em fila indiana daríamos a volta ao mundo. Tudo o que neste momento estou escrevendo é banal: basta ter vivido um pou co e se sabe o que é isto .

Mas digo viver o momento presente. Agora - já - imediatamente - sem intervalo. Resultado:pânico. O momento presente é incapturável . Quando vem já passou. O eterno em ~~espiral~~ espiral do vir-a-ser não me deixa parar no instante para vivê-lo: o presente é menos que um segundo. É um ponto gramatical que por si mesmo passa ao ponto seguinte. Mas deixa furos como a agulha no pano.Esta é a verdade.

Verdade ? Verdade será uma palavra apenas ? Sei que é a realidade ~~mas~~ esta está sujeita à capacidade de ver do homem. Mas a verdade ? Há certas perguntas paralizantes que matam a vida.

No entanto se existe a palavra verdade era para exprimir alguma coisa existente. Ser é a verdade ? Ser pode levar uma pessoa à loucura . Verdade é uma coisa que se prova a si mesma ? Nós somos os doentes da verdade. É inútil pensar.

Pensar me repugna: é como uma doença.

"Êle " estava doente porque não tinha função na vida. Aliás a própria vida não tem função senão a de criar de novo a vida.O que é uma função ? é um encargo? Mas isto só faz é ocupar o bastante para não se ter tempo de se fazer perguntas. Êle não vivia: apenas existia. Mas existir dói. É às vêzes intolerável. O que fazer então ? Talvez ter um estilo . Mas estilo era o apenas adjetivo da vida. ~~~~ Passou a ter terror porque não entendia. Não sabia que o êrro é essencial. ~~à vida~~.

Mas êle errava. Também. Um dia de repente andando na rua perguntou-se: quem sou eu ? A pergunta fôra um êrro . Êle não era o próprio corpo porque se dizia "meu corpo". Então o corpo pertencia - a quem ? Mas pertencia. Aquilo ao qual as coisas pertenciam eram o eu ? Mesmo dizer " meu pensamento" ou "meu sentimento": tudo isto se referia a alguma coisa que tinha adjetivos possessivos.Nun ca encontrara o substantivo. Só via a modalidade. Mas modalidades são apenas um estilo.

De que era feito o inéfavel eu ? Concluiu que nada existia de tão abstrato como o eu. Mas aprofundou-se num si-próprio desconhecido. Era vasto como um deserto sem fundo e cheio das mais misteriosas plantas. O sentimento de vida apossou-se dêle. Este sentimento estabelecia um clima de criatividade. Que era quase dolorosa de tão tensa. Uma sensação de se ter os gânglios do corpo engurgitados. Sensação tenra como de carne mole e crua. Se doía - doía de um modo criativo. Embora não estivesse criando artísticamente nada. Mas não estava criando em si próprio a vida ? ou vida antecedia à criação da vida ? Tudo de repente estava funcionando e êle não sabia porque nem para que. Era alguma coisa que lhe estava sendo dado de graça - e sem ter que pagar pelo passado nem pelo presente. Ou futuramente. Ele estava desarmado diante de tanta bondade. E não sofria. Embora fosse instável e sem garantias. Havia o risco. Era sem apêlo ? Havia o silêncio.

Nenhum barulho se parecia mais com o silêncio que uma sirene produz. A sirene é o arauto do silêncio. Quando soa a sirene o silêncio em tôrno revela: a sirene acordouxxx o silêncio.

Era uma vez um ele que não tinha silêncio. Não. Começarei por antes: antes êle nem sabia que tinha pedaços de vidro dentro dêle. Só sentia a dor. Eram pedaços de um espelho partido. E o que era o espelho senão a reflexão de sua própria imagem ? Mas então estou sem cara - pensou êle e também penso eu ao julgá-lo como personagem meu. Aliás por enquanto só tenho um personagem : êste ele homem. E por enquanto ainda não sei como o ele homem resolveu o problema - se é que resolveu. Mas Resolveu - decido eu como sua autora. E na da tenho a dizer porque desconheço a solução para quem tem espelho partido. No decorrer deste livro provavelmente a solução aparecerá. Falar em "provavelmente" dá insegurança. Tenho que ter como também o meu personagem - tenho que ter fé. Nós dois. Fé e esperança e caridade - em que situação são estas palavras usadas ? Hoje acordei com vontade de que meu personagem fosse ao campo. E lá está êle . Sem ter nada a fazer senão estar no descampado. Caminhando.

Caminhamos tão velozmente para o despojamento que em breve êste livro despojado vai evoluir e parecer empolado.

Porque eu mesma faço à autocrítica. Que no entanto tem que ser benévola porque se fôsse aguda isto talvez me fizesse nunca mais escrever. E eu quero escrever algum dia - talvez . Embora sentindo que se voltar a escrever será de um modo diferente do meu antigo: diferente em quê ? Não me interessa.

Minha autocrítica a certas coisas que escrevo - por exemplo - não importa no caso se boa ou má: mas talvez falte a elas chegar àquele ponto em que a dor se mistura à profunda alegria e a alegria chega a ser dolorosa - porque êste ponto é o aguilhão da vida.

E tantas vêzes consegui o encontro máximo de ser comigo mesma - quando com espanto digo : "Ah! ". Às vêzes este encontro comigo própria se consegue através do encontro de um ser com outro ser.

Não. Eu não teria vergonha de dizer tão claramente que quero o máximo - e o máximo deve ser atingido e dito com a matemática perfeição da música ouvida e transporta para o profundo arrebatamento que sinto. Não transporta porque é a mesma coisa. Deve — eu sei que deve — haver um modo em mim de chegar a isto.

As vêzes sinto que êste modo eu conseguiria através simplesmente do meu modo de ver em evolução. No entanto uma vez senti que seria conseguido através da misericórdia. Não da misericórdia transformada em ~~gentilez~~ gentileza de espírito . Mas da profunda misericórdia transformada em ação — mesmo que seja ação das palavras. E — assim como "Deus" escreve direito por linhas tortas — através de nossos erros correria o grande amor que seria a misericórdia . A misericórdia é inefável.

E sinto coisa nova no ar que é inefável.

Você não sente ?

Será o presente que neste mesmo instante já não é mais ? Só me interessa então o futuro ? pois não capto o instante-já.

No instante-já andei mexendo em papeis antigos e encontrei uma fôlha onde estava escrito entre aspas algumas linhas em inglês. O que significa que eu copiei as linhas de tão belas que as achei. No entanto não estava anotado o nome do escritor — o que é imperdoável . Vou tentar traduzir e não sei se a tradução conservará ~~esta algo~~ o que me tocou tanto:

"Então por um momento os dois se apagaram na doce escuridão tão profunda que êles eram mais escuros que a escuridão. Por uns instantes ambos eram mais escuros que as negras árvores e depois tão escuro que — quando ela tentou erguer os olhos até êle só pode ver as ondas selvagens do universo acima dos ombros dêles e então ela disse :"Sim . Acho que também te amo ".

E houve o silêncio.

Acho que o meu futuro vai ser o silêncio.

Estou pensando em silêncio. Pensando-sentindo o seguinte: tanto em pintura como em música e literatura tantas vêzes o que se chama de abstrato parece-me apenas o figurativo de uma realidade mais delicada e mais difícil — menos visível a olho nu .

130

Sentada alí num banco, ~~a gente~~ eu não faço nada: fico apenas sentada deixando o mundo ser. O reino vegetal não tem inteligência e só tem um instinto, o de viver. Talvez essa falta de inteligência e de instintos seja o que nos deixa ficar tanto tempo sentada dentro do reino vegetal. Lembro-me de que no curso primário a professora mandava cada aluno fazer uma redação sôbre um naufrágio, um incêndio, o Dia das Árvores. Eu ~~me~~ escrevia com a maior má vontade e com dificuldade: já então não sabia seguir senão a inspiração. Mas que seja esta a redação que em pequena me obrigavam a fazer. Obrigaram-me também a dar respostas ao que não as tem. ~~Eram respostas que os colegas pediam para~~ Fui interrogada por uma moça de ginásio ou faculdade, não me lembro. Ela fazia as perguntas e eu dava as respostas como podia.

— Qual é a coisa mais antiga do mundo?
— Poderia dizer que é "Deus" que sempre existiu.
— Qual é a coisa mais bela?
— O instante de inspiração.
— E "Deus" quando criou o Universo não o fêz no momento de Sua maior inspiração?
— O Universo não se fez ~~sempre existiu. O cosmos é "Deus"~~.
— Qual das coisas é a maior?
— O amor, que é um de um grande mistério ~~o maior dos mistérios~~.
— Das coisas qual é a mais constante?
— O mêdo. Que pena que eu não possa responder: é a esperança.
— ~~Qual o melhor dos sentimentos?~~
— ~~O de amar e ao mesmo tempo ser amada, o que parece apenas um lugar comum mas é uma das minhas verdades.~~
— Qual é o sentimento mais rápido?

nhássemos um círculo? Errei. O círculo é uma forma perfeita mas que pertence à nossa mente humana, restrita pela sua própria natureza. Pois na verdade até o círculo seria um adjetivo inútil para o infinito. Um dos equívocos naturais nossos é achar que, a partir de nós, é o infinito. Nós não conseguimos pensar-sentir no "existo" sem tomarmos como ponto-de-vista o "a partir de nós".

Para falar a verdade já me perdi e nem sei mais do que estou falando. Bem, tenho mais o que fazer do que escrever tolices sobre o infinito. É, por exemplo, hora do almôço e a empregada que se chama Geni avisou que já está servido. Era mesmo tempo de parar.

~~Sei que esse trecho sôbre o infinito é um pouco hermético. Mas leia-o uma segunda vez.~~

Estou ~~~~ à procura de um livro para ler. É um livro todo especial. Eu o imagino como a um rosto sem traços. Não lhe sei o nome nem o autor. Quem sabe, às vezes penso-sinto que estou à procura de um livro que eu mesma escreverei. Não sei. Mas faço tantas fantasias: eu o estaria lendo e de súbito, a uma frase lida, com lágrimas nos olhos diria em êxtase de dôr e de enfim libertação:" Mas é que xxx eu não sabia que se pode tudo, meu "Deus"."

~~~~

Agora vou falar de um "êle" sem importância para mim. É agora gerente de uma loja de sapatos. Não porque escolheu, mas foi o que lhe restou. Perguntava-se sempre: onde está meu êrro? O êrro em relação a seu destino, queria êle dizer. Não há motivos a procurar no fato de alguém ser gerente numa loja de sapatos. Mas uma vez que êle mesmo se pergunta e estende sapatos como se não

entrevistar sôbre literatura e, juro que não sei como, termi
namos conversando sôbre a melhor marca de delineador líquido
para maquilagem dos olhos. E parece que a culpa foi minha.
Maquilagem dos olhos também é importante, mas eu não pretendia
invadir as secções especializadas, por melhor que sejá conver-
sar sôbre modas e sôbre a nossa preciosa beleza fugaz.

    Lutei tôda a minha vida contra a tendência ao devaneio,
sempre sem jamais deixar que êle me levasse até as últimas á-
guas. Mas o esfôrço de nadar contra a doce corrente tira par
te de nossa fôrça vital. E, se lutando contra o devaneio, ganho
no domínio da ação, perco interiormente uma coisa muito suave
de ser e que nada substitui. Mas um dia ainda hei de ir, sem me
importar para onde o ir me levará.

    Um de meus filhos me diz: por que é que você às vêzes es
creve sôbre assuntos pessoais? Respondi-lhe que, em primeiro
lugar, nunca toquei, realmente, em meus assuntos pessoais, sou
até uma pessoa muito secreta. E mesmo com amigos raras vêzes
vou até certo ponto. Mas é fatal terminar comentando as repercus-
sões em nós de nossa vida diária e estranha. Já falei com um
escritor célebre a esse respeito, me queixando eu mesma de es
tar sendo muito pessoal, embora nos meus livros publicados não
tenha entrado como personagem. Êle disse que não havia escapatória.
Meu filho disse então: por que você não escreve sôbre Vietcong?
Senti-me pequena e humilde, pensei: que é que uma mulher fraca
como eu pode falar sôbre tantas mortes sem sequer glória, guer-
ras que cortam a vida das pessoas em plena juventude, sem falar
nos massacres, em nome de que é, afinal? A gente bem sabe por
quê, e fica horrorizada. Respondí-lhe que eu deixava os comen-

haver em mim um modo de chegar a isso.

Às vezes sinto que êsse modo eu conseguiria através simplesmente de meu modo de ver mais evoluido. Uma vez senti, no entanto , que se fôsse conseguido seria através da misericórdia. Não da misericórdia transformada ~~em gentilesa transformada~~ em gentileza de alma. Mas da profunda misericórdia transformada em ação, mesmo que seja a ação das ~~pix~~ palavras. E assim como Deus escreve direito por linhas tortas, através de nossos erros correria o grande amor que seria a misericórdia.

Será que amor é dar de presente um ao outro a própria solidão ? Pois é a coisa mais última que se pode dar de si. É dar-se. O prazer é abrir as mãos e deixar *escorrer* sem avareza o vazio que se estava encarniçadamente prendendo. E de súbito o sobressalto: ah, abri as mãos e o coração e não estou perdendo nada ! E o susto: acorde, pois há o perigo do coração estar livre.

Até que se percebe que nêsse espraiar-se está o prazer muito perigoso de ser. Mas vem uma segurança estranha: sempre ter-se-á o que gastar. Não ter pois avareza. *Um perene nascimento.* ~~com nascimento perpétuo,~~

Sem avareza, como na velha manjedoura. Onde tudo estava calmo e bom. Era de tardinha, ainda não se via a estrêla. Por enquanto o nascimento era só de familia judia , os outros sentiam mas ninguém via.

Na tarde já escurecida, na ~~pali~~ palha côr de ouro, tenro como um cordeiro refulgia o menino, tenro como o nosso filho.

Bem de perto, uma cara de boi e outra de jumento olhavam , e esquentavam o ar com o hálito do corpo . Era depois do parto, e tudo úmido repousava, tudo úmido e môrno respirava. Maria descansava seu corpo cansado, sua tarefa no mundo seria a de cumprir o seu destino, e ela agora repousava e olhava a

amarelo. Por aí se ve quanto é precisa a minha visão. O bom dessa imagem é a penumbra que não exige mais do que a capacidade de meus olhos e não ultrapassa minha visão. E ali estou eu com borboletas e com leão. Minha clareira tem uns minérios que são as côres. Só existe uma ameaça: é saber com apreensão que fora dali estou perdida porque nem sequer será a floresta (esta eu conheço de antemão por amor) será um campo vazio (e êste eu conheço de antemão através do mêdo) – tão vazio que tanto me fará ir para um lado como para outro , um descampado tão sem tampa e sem côr de chão que nêle eu nem sequer encontraria um bicho para mim. Pondo a apreensão de lado, suspiro para me refazer ; e fico tôda gostando de minha intimidade com o leão e as borboletas: nenhum de nós pensa a gente só gosta: também eu. Nessa visão – refúgio, não sou em preto e branco: sem que eu me veja , sei que para êles eu sou colorida, embora sem ultrapassar a capacidade de visão dêles, o que os inquietaria e nós não somos inquietantes. Sou com manchas azuis e verdes só para mostrar, que não sou azul nem verde –olha só o que não sou! A penumbra é de um verde escuro e úmido, eu sei que já disse isso mas repito por gôsto de felicidade: quero a mesma coisa de nôvo. De modo que, como eu ia dizendo, cá estamos: estamos míopes. Para falar a verdade, nunca estivemos tão bem. Por que ? Não quero saber por quê . Cada um de nós está no seu lugar, eu me submeto com prazer ao meu lugar de paz. Vou até repetir um pouco mais minha visão porque está ficando cada vez melhor : o leão amarelo pacífico, borboletas voando caladas , eu sentada no chão bordando e nós assim cheios de gosto pela clareira verde: nós somos contentes.

  Continuo um degrau acima: o silêncio. Até hoje eu por assim dizer não sabia que se pode "não" escrever. Gradualmente, gradualmente até que de repente a descoberta tímida: quem sabe, também eu já poderia não escrever. Como é infinitamente mais ambicioso. É quase

borboletas. E conheço um "ela" que se arrepia toda de horror diante de flores — ~~para ela~~ /acho que as flores são assombradamente delicadas como um suspiro de ninguém no escuro.

Eu é que estou no escuro. ~~NÓS ESTAMOS NO ESCURO?~~
~~Nós~~ /Eu sou/ que somos ~~os dentes da condição humana~~ /doentes/. Eu me revolto: não quero mais ser gente. Quem? quem tem misericórdia de nós que ~~temos consciência da~~ /seremos sobre/ vida e da morte quando um animal que eu profundamente invejo — é inconsciente de sua condição? Quem tem piedade de nós? Somos uns abandonados? uns entregues ao desespêro? Não, tem que haver um consolo possível. Juro: tem que haver. Eu não tenho é coragem de dizer a verdade que nós sabemos. Há palavras proibidas.

Mas eu denuncio. Denuncio nossa fraqueza, denuncio o horror de alucinante morrer — e respondo a toda essa ~~infância xxxx~~ /infâmia/ com — exatamente ~~xxx~~ isto que vai agora ficar escrito — e respondo a toda essa infâmia com a alegria. Puríssima e levíssima alegria. A única salvação de um ser humano é a alegria. Uma alegria atonal dentro do "it" essencial. Não faz sentido? Pois tem que fazer. Porque é cruel demais saber que a vida é única e que não temos como garantia senão a fé em trevas — porque é cruel demais, então respondo com a ~~xxx~~ pureza de uma alegria indomável. Recuso-me a ficar triste. Sejamos alegres. Quem não tiver medo de ficar alegre e experimentar uma só vez sequer a alegria profunda terão melhor da ~~condição humana~~ /nossa verdade/. Eu estou — apesar de tudo oh apesar de tudo — estou sendo alegre neste ~~momento~~ instante — já que passará se eu não fixá-lo com palavras. Estou sendo alegre neste mesmo instante porque me recuso a ser vencida: então eu amo. Como resposta. Amor é alegria: mesmo o amor que não dá certo, mesmo o amor que termina. E a nossa própria morte e a dos que amamos tem que ser alegre, não sei ainda como, mas tem que ser. Viver é isto: a alegria do "it", ~~alegria apesar de~~
E ~~conformano-~~/conformar-me/ não como vencida, mas num allegro ~~moderato~~ /com brio/. Nunca ser uma Severina que é ôca de sofrimento e /e/ tanto que me disse que ela era assim

na qual me contorço também de dor e perdição.

Impressão e Acabamento:
GEOGRÁFICA EDITORA LTDA.